Quentin Jardon

Le chagrin moderne

roman

Flammarion

ISBN : 978-2-0804-5007-4

À Bobette.

PREMIÈRE PARTIE

L'ÉCHANGEUR AUTOROUTIER

1

Clémence s'était déjà installée au volant. Je venais d'enclencher la fermeture automatique du coffre. Le coffre s'était rouvert à cause d'une valise que j'avais aussitôt renfoncée d'un coup de poing hasardeux, comme un boxeur stupide, en chuchotant des insultes au concepteur des hayons électriques, en appelant de mes vœux, sans tout à fait mesurer mes propos, sa décapitation. J'avais passé la tête par la fenêtre pour embrasser Marius et m'assurer que sa ceinture était correctement bouclée. Ce faisant, il m'avait souri ; et c'est au moment où j'avais réceptionné ce signal en provenance de mon petit garçon, c'est au moment où il m'avait signifié par cette rapide mutation de l'expression, l'élément de langage le plus courant entre lui et moi, combien il était excité de partir en vacances, c'est à ce moment que m'était venue l'idée de l'abandonner, et d'abandonner Clémence.

Je les planterais dans un restoroute ou une station d'essence, je laisserais derrière moi les deux êtres qui étaient le socle de mon existence, j'ignorais encore pour aller où, pour y faire quoi. Il n'est pas rare dans une vie qu'une telle pensée se présente, pour aussi vite s'effacer ; cet après-midi-là j'avais tout de suite compris, à cause de la sensation vénéneuse et bienfaisante qu'elle diffusait en moi, à cause de la vérité absolue qu'elle véhiculait — qui disait que je n'avais plus rien de bon à leur offrir, qui disait que c'était la seule chose à faire —, j'avais tout de suite compris que cette pensée ne me quitterait pas tant qu'elle ne s'accomplirait pas.

2

Jusqu'à il y a peu, le bonheur était constitutif de mon existence. Mes souffrances ne duraient pas, elles manquaient de pugnacité. J'avais une sorte d'armure dont m'avait doté ma mère, qui s'appelait l'optimisme. Le malheur, le vrai, n'avait pas encore osé me défier. Je n'avais pas perdu d'être cher, au contraire de Clémence. Je n'avais pas connu de chagrin d'amour dévastateur. Je n'avais jamais contracté de maladie importante ; mon seul séjour à l'hôpital avait été motivé par l'ablation de mes dents de sagesse, vers dix-neuf ans. Je n'avais pas connu la pauvreté. J'avais été couvert d'amour par mes parents, que j'avais eus pour moi seul. Je n'avais pas, à la différence de nombre de mes congénères, grandi avec des névroses qui auraient elles-mêmes gagné en superficie au fil des âges, et je n'avais pas de prédisposition pour la mélancolie, enfin je crois. Fort de cette félicité, j'avais rapidement acquis une conception positive de la vie ; par défaut, les gens, les plantes, le ciel, le cours des événements me voulaient du bien.

Comme d'autres hommes, et je dirais même, sans vouloir me comparer à plus grand que moi, comme l'Empire romain, je connus un âge d'or, lequel précède toujours un lent déclin ou parfois un effondrement brutal. Le mien, d'âge d'or, débuta le soir où je devins officiellement humoriste ; il s'acheva sept ans plus tard, disons avec la naissance de Marius.

Coquetterie du destin, c'est un sourire qui précipita et mon ascension et ma chute, deux sourires matriciels ; celui d'un vieillard et celui de mon fils.

La soirée était tropicale, on aurait juré que Bruxelles avait perdu plusieurs degrés de latitude nord ; des rayons obliques percutaient la cime des grands sapins qui bordaient le comedy club où j'allais me produire, et la clameur des bars du quartier faisait vibrer l'air. J'étais seul sur le trottoir à respirer fort, je me gonflais et me dégonflais de gaz bien chaud, comme une montgolfière. Dans la salle, un petit nombre de spectateurs patientaient, prêts à me juger sur scène. Je n'avais pas le trac. J'étais trop fier pour ça. Je voulais justement effectuer une brève incursion à l'intérieur de moi-même car je savais que j'y trouverais des matériaux solides. L'ambianceur du café-théâtre s'apprêtait à m'annoncer au micro, moi, Paul Paliseul, le huitième candidat de la soirée, et je n'attendais rien d'autre que la victoire dans cette compétition entre apprentis humoristes inspirée des shows de stand-up américains. Je n'attendais rien d'autre que la victoire, pourtant je restais englué dans le trottoir, comme si le pavé avait fondu sous l'effet de la chaleur. J'espérais quelque chose, et ce quelque chose vint.

De l'autre côté de la rue, claudiquant sous les grands sapins, un vieux loqueteux buvait de l'eau à la bouteille. Son bras tremblait. L'eau perlait sur sa barbe et mouillait ses haillons. Il s'arrêta net, promena son regard autour de lui. Je croyais qu'il cherchait une poubelle ; je n'y étais pas du tout. Il projeta violemment sa bouteille contre le sol, qui rebondit dans un crépitement de plastique avant de glisser sous un banc. Il tourna la tête vers moi et me dévisagea. Il sourit.

Je venais d'être frappé d'une fulgurance qui m'éblouit la pensée. Il manquait encore à mon spectacle un geste absolument fou ; je l'avais maintenant trouvé. Je retournai dans la torpeur du comedy club. « Le voilà, le voilà ! » s'excita l'ambianceur lorsqu'il m'aperçut à la sortie du vestibule. Je discernai dans l'assistance comme un souffle, la manifestation d'un malaise qui refluait, pas tout à fait éteint encore. Je gardai le visage fermé, je me concentrais sur l'image du vieillard à la bouteille d'eau, sa main qui tremblait et l'eau qui dégoulinait, son corps vétuste alors que je me faufilais agilement entre les tables, son regard mort quand le mien allumait plus de feux que le Stromboli, tout ce qui nous séparait sauf cette malice, et le geste que j'étais sur le point d'accomplir.

Je conservais avec moi l'odeur épineuse des grands sapins.

Tandis que j'achevais ma course pour rejoindre le faisceau des projecteurs, dans la pénombre les vastes yeux verts de Clémence croisèrent les miens. Sa mâchoire était crispée, signe qu'elle ne donnait pas cher de ma peau ; elle corrigea aussitôt son expression et ses pommettes se gonflèrent comme deux œufs de caille. Mon père qui se tenait derrière elle orienta vers moi un regard concentré et durci. Il brandit son poing serré. Il me fit penser aux entraîneurs de tennis qui encouragent leur poulain depuis les tribunes. Quelque part j'étais ce poulain, et il était cet entraîneur. Il se prenait déjà pour mon agent. Il me considérait comme sa future rente. La commission qu'il retiendrait sur mes succès remplacerait son salaire d'ingénieur à la Société des transports de Bruxelles, et plus tard, lorsque ma célébrité se monnayerait en toutes circonstances, il s'achèterait un domaine agritouristique en Italie, où il produirait de l'huile d'olive et élèverait quelques bestioles, un désir obsédant, de nos jours un rêve banal. Je tâchais de tempérer son enthousiasme : « Non, papa, ça n'arrivera jamais. » Je disais ça, mais je pensais le contraire. Mon père me fixait intensément, d'abord déçu, vexé, et puis je ne sais trop pourquoi, peut-être à cause de mon échec à faire mine d'être sérieux, il basculait dans un grand rire aigu. Je montai sur scène.

Les projecteurs m'aveuglèrent, le silence se fit. Ce fut une succession de gestes rapidement exécutés. Je saisis la bouteille placée sur le tabouret à l'attention de l'artiste. Je l'ouvris avec une fébrilité exagérée pour singer le type en proie à un épouvantable trac. Je la portai à ma bouche. Je me renversai de l'eau un peu partout sur le corps, exprès. Enfin je broyai le plastique sous mon poing avant de l'éclater au sol sans aucune raison apparente. Retranscrite de la sorte, mon entrée en scène peut paraître médiocre, mais son caractère absurde, inattendu, en fait carrément nihiliste, provoqua un fou rire général dans le petit café-théâtre de mon quartier. Je venais d'apposer ma signature, je m'étais démarqué de la concurrence avant même d'avoir prononcé la moindre parole ; je m'étais ouvert, pensais-je ce soir-là, alors que j'avais vingt ans, la route vers Paris.

3

Clémence régla la température de notre Peugeot 2008 sur vingt degrés ; l'air conditionné dans l'habitacle se mit à souffler comme un jour de mistral. La radio diffusait *La Kiffance* de Naps, l'un des tubes de la décennie. *OK, prépare tes valises, ma jolie.* Elle encoda dans le GPS l'adresse de notre gîte de vacances ; le verdict tomba aussitôt, nous arriverions à 00 h 22. Elle posa la boîte de ses lentilles de contact sur le tableau de bord, elle avait oublié de se les appliquer. Il lui arrivait souvent de sortir où qu'elle soit cette paire de ronds blancs soudés comme des lunes siamoises, d'extraire de la solution aqueuse deux coques translucides, et d'administrer à ses vastes yeux verts une brillance supplémentaire, un surcroît de magnétisme. Assis derrière sa mère, Marius nous faisait part de son état de plénitude en usant de formulations peu conformes à la langue française telle que reconnue par les académiciens. *J'vais t'faire kiffer les week-ends, ma jolie.* À mes pieds reposait le sac de provisions, le pique-nique que j'avais préparé, des biscuits Dinosaurus, des chips au paprika, une barquette de houmous, un tupperware de pâtes à la grecque, un thermos de café, deux bières et deux gourdes d'eau fraîche. La scène dans son ensemble ressemblait à de la grosse *kiffance*.

Je ressentais toujours la turbulence déclenchée par la pensée de la fuite. Un magma libérateur, grisant, déchirant, tragique, et en même temps bien banal, car combien d'hommes avant moi n'avaient-ils pas songé à tout plaquer ? Combien n'étaient-ils pas passés à l'action ? Il y avait pourtant dans mon projet quelque chose d'altruiste, et aussi de résolument moderne, une contemporanéité qui m'effrayait car elle me disculpait, elle me laissait impuissant, et elle n'offrait pas d'issue.

Marius manifesta rapidement son impatience par des gémissements, des petits cris aigus, quelques mots répétés en boucle et à volume croissant (rien de très agréable). Je tentai de le distraire au moyen de toutes sortes d'animations théâtrales, donnant vie à l'objet le plus anodin. Vu de l'extérieur, je devais avoir l'air d'un père inventif, bien dans sa peau ; cette posture d'illusionniste n'est pas bonne pour la santé mentale, tous les psychiatres vous le diront. Je parvins à l'apaiser au bout de ma quatrième ou cinquième saynète ; la contemplation de l'immense étendue périurbanisée de Bruxelles lui parut soudain constituer un divertissement tout à fait acceptable. Clémence profita de l'espace de parole durement reconquis par mes soins pour se confier sur ses tracas du moment, la gorge un peu nouée. Je l'écoutai très attentivement ; je me disais, même si la perspective me semblait alors invraisemblable, que j'entendais peut-être sa voix pour la dernière fois, son timbre un peu mâle qui me voulait encore du bien. Bientôt une autre personne, sa sœur adorée, sa tante, une amie d'enfance, plus tard un nouvel homme l'écouterait débobiner avec fièvre le fil de sa journée, faire le bilan des choses qui lui résistaient et des petites victoires arrachées aux vents contraires, séparer les faits entre deux camps, ceux qui entravaient sa marche en avant dans le monde et ceux qui l'accéléraient. Durant un temps qu'elle voudrait plus court, malgré elle, dès qu'il lui arriverait l'événement le plus anecdotique, c'est à moi qu'elle penserait encore en le racontant à quelqu'un d'autre, et puis peu à peu je m'effacerais. Je ne serais plus le confident qui suffirait à tous les autres. J'inclinai légèrement mon dossier à l'aide de la roulette prévue à cet effet. « Pfff, ça craint de plus en plus, au magasin », commença-t-elle. Elle disait toujours « le magasin », un nom générique pour désigner la franchise de la chaîne Carrefour dont elle avait la direction, la plus grande de Bruxelles. Je ne me faisais pas prier, moi, quand on me demandait ce que faisait ma femme, pour claironner qu'elle était la patronne du plus grand magasin Carrefour de Bruxelles. Ça chiait la classe, et c'était la vérité. J'étais fier d'elle, à cause de sa beauté bien sûr, de son aura de jeune mère en pleine possession de ses moyens, et encore plus de la fonction de pouvoir qu'elle occupait avec talent, en fait simplement de la femme qu'elle était devenue, avec quel éclat elle avait terrassé la tragédie de son adolescence. Plus j'étais fier d'elle plus j'étais honteux de moi. Les deux sentiments se nourrissaient de leur opposition et menaçaient de fusionner en un seul, la jalousie.

Au magasin donc, ça n'allait pas fort. Il fallait vendre et réapprovisionner à l'infini, vider et remplir, tout ça pour quoi ? À cause de la conjoncture, les indicateurs de performance poursuivaient leur descente inexorable, et la direction du groupe poussait Clémence dans ses retranchements, l'obligeant à augmenter les cadences, réduire ses effectifs. Les tapis roulants des caissières devaient coulisser sans plus jamais s'arrêter, les produits du monde entier converger en continu sur ces longs rubans noirs, le défilé de denrées périssables grossir comme une rivière en crue, et Clémence exécuter des décisions qui venaient d'en haut, brisaient des emplois, sectionnaient des relations qu'elle avait patiemment tissées avec son personnel. L'autorité par le pouvoir, tout ce qu'elle haïssait. Pour la première fois depuis qu'elle avait intégré le groupe, elle envisageait de ficher le camp. Elle s'était bâti une réputation. Elle avait cultivé des compétences. Elle avait atteint un niveau d'excellence qu'elle pourrait facilement mettre au service d'une autre entreprise, sur un nouveau théâtre d'opération où elle réclamerait davantage d'autonomie, une liberté d'action spécialement aménagée pour elle, et un salaire qui vaudrait assez pour deux. « J'y pense tous les matins en me rasant la chatte, me dit-elle avec malice, mais que se passerait-il pour mes équipes si je les laissais entre les mains d'un autre ? »

Au cours de notre conversation dans la Peugeot, Clémence évita d'évoquer son *idée bizarre*, mais je savais que c'était dans sa tête un projet souterrain, une force tellurique qui tôt ou tard chahuterait de nouveau ses sens et les miens. Je pensai un instant qu'elle y viendrait à pas tâtonnants, comme dans un jeu d'approche. Ce n'était pas un sujet facile à aborder, surtout avec moi, et surtout compte tenu de ma réaction la seule fois où elle avait osé m'en parler.

C'était un de ces soirs où j'avais tenu le bar jusqu'à minuit dans un comedy club du centre-ville, près de la Bourse. J'étais rentré dans un état plus penaud que d'ordinaire, pas tant parce que je n'exerçais plus le métier de mes rêves — j'y trouvais même une forme de plaisir, eu égard à mon état mental je ne m'accommodais pas trop mal d'un job un peu bête, actif, faisant barrage aux pensées, et en général éloigné des sujets de société qui m'accablaient tant —, non, ce qui m'avait rendu particulièrement tristounet, c'était la vue, sur la scène du petit café-théâtre, d'un humoriste dont j'avais assisté au sketch pendant la plonge. Il faisait ses premiers pas dans le stand-up et ce fut aussitôt un triomphe, comme s'il venait de rencontrer sa destinée ; son style m'avait rappelé le mien. J'avais eu la sensation d'observer de l'extérieur celui que j'étais neuf ans plus tôt, bien avant le gel de mon sens de l'humour.

De retour dans l'appartement endormi, j'ouvris le frigo. Je me cuisinai des œufs brouillés allongés au lait et saupoudrés de persil. Je me servis un verre de vin blanc à ras bord. J'entrebâillai la porte de la chambre de Marius. C'était un être encore plus pur la nuit que le jour, absolument silencieux et immobile, comme mort sous sa pépinière d'étoiles en polychlorure de vinyle qui projetait sur lui une pâleur phosphorescente. Je songeai par anticipation au moment où, arrivé à l'aube de la trentaine, il m'interrogerait sur la période maudite que j'étais en train de traverser. Nous parlerions tels deux amis séparés depuis des lunes. Il questionnerait avec une curiosité sévère le contenu de cette vie dont il avait fait partie sans être en capacité de comprendre ce qui s'y jouait vraiment. Il me jugerait avec son regard de jeune adulte à qui tout réussit encore. Il pétillerait des illusions propres à son âge, sur le point de s'éteindre. L'admiration sans mélange qu'il avait pour son père aurait disparu, il aurait percé mes grosses lignes de faille ; ce ne serait pas un chouette moment.

J'eus beau, même à moitié ivre, m'introduire avec délicatesse sous la couverture, Clémence se réveilla aussitôt. Les yeux toujours clos, elle tâtonna les draps et me prit la main. « Alors, les jeunes filles t'ont filé un bon pourboire ? » demanda-t-elle dans un marmonnement original. « Pfff… » dis-je. Je cherchais une parade pour éviter d'avoir à prononcer un montant. « Il y avait un humoriste sur scène, un type super drôle, c'était sa première, ça m'a rappelé… » Ma phrase était allée *morendo*, Clémence l'accueillit en me serrant davantage les doigts ; assemblées, nos mains sécrétèrent de l'humidité. La masse difforme s'aplatit à côté de moi. Rien, jusque-là, ne présageait l'irruption imminente de *l'idée bizarre*. Je savais qu'autrefois — un autrefois pourtant proche — nous aurions aisément exorcisé les difficultés de la vie en faisant l'amour ; elle m'aurait malaxé les fesses, d'un coup j'aurais plaqué ma bouche contre son sexe sec. « Trente-deux euros vingt-cinq », avouai-je finalement. Le salaire de Clémence pouvait soutenir à lui seul notre train de vie sans excès, mais tout de même, j'étais l'homme, et malgré moi je me sentais le devoir d'apporter la contribution principale. Auparavant, quand je brillais sur scène, je faisais mes comptes avec désinvolture, et tous les mois je me rendais à la banque déposer mes coupures. À l'époque de Paris…

Clémence s'était relevée, je discernais, qui se découpait dans la pénombre, sa chevelure électrifiée. Je l'ignorais, mais elle était occupée à prendre son élan ; son chuchotement devint voix, et à cette voix elle tenta d'imprimer une tonalité naturelle, bien que je perçusse dans l'air noir des modulations suspectes. « J'ai pensé que je pourrais de temps en temps donner quelques massages tantriques… » Elle marqua une pause, comme une apnéiste qui hésite déjà à remonter. « Les clients paient cher pour ça, et moi ça me plairait. Il faudra juste que je me forme au préalable auprès d'un maître, et puis... » Je l'entendis déglutir comme pour avaler un médicament dont elle aurait redouté les effets. Elle s'affaissa de nouveau et tendit ses bras au-dessus de la couverture, semblable à une divinité mal momifiée. Elle avait utilisé le mot *ça* pour ne plus avoir à énoncer la terminologie sulfureuse. Naturellement, il ne m'avait pas échappé que Clémence, depuis un moment, lisait des ouvrages sur le tantrisme, suivait d'obscures formations en ligne, s'astreignait à des exercices respiratoires, s'adonnait à de brèves séances de yoga au saut du lit ; elle avait même songé à s'inscrire à une journée d'*exploration sensorielle* en pleine nature. Diminué par mes propres déboires, j'avais manqué de vigilance. Je pensais qu'elle s'intéressait au système de croyances qu'il y avait là-derrière, comme d'autres se prennent d'une passion éphémère pour l'égyptologie. Du peu que j'en savais, les massages n'étaient qu'une déviance New Age du tantrisme, un commerce chic de la chair qui plaisait particulièrement aux Occidentaux. Le principe, d'une grande simplicité, consistait à tripoter des corps entièrement nus, souvent des corps d'hommes, jusqu'à ce que ces derniers livrent leur sperme et, peu après, leur argent liquide. Pour augmenter notre niveau de vie et élargir sa *palette de compétences*, ma femme se proposait donc d'astiquer à l'huile chaude des pénis de riches. J'en conçus des sentiments ambigus ; ce qui dominait toutefois, c'était l'humiliation.

Puisque j'étais incapable de produire une réponse, Clémence ramena ses mains à hauteur de ses seins et se tritura les doigts avec anxiété. « Ce n'est pas ce que tu t'imagines », reprit-elle en donnant l'impression de répliquer à une objection. Je pense même qu'elle était quelque peu vexée, alors qu'en principe la victime c'était moi. J'eus droit à un rapide laïus sur les massages tantriques, un enseignement hindou vieux de plusieurs millénaires, un rite cosmologique qui permettait de faciliter la circulation de l'énergie vitale logée en chacun de nous, êtres fourbus par un quotidien statique, et par là de nous reconnecter à ce qui fait *l'essence de la vie terrestre*. Il n'était absolument pas question d'une bonne baise transactionnelle dissimulée derrière une appellation ésotérique, mais d'une expérience charnelle délivrée des tabous sociaux et encadrée par des règles de bonne conduite, comme l'interdiction de la pénétration (par quelque orifice que ce fût). Je ne parvenais toujours pas à construire un contre-argumentaire, encore moins à le prononcer. « Ouais mais non… » soupirai-je finalement. Clémence patienta un peu pour me laisser développer mon raisonnement, mais j'avais tout dit. Une acidité sous la conduite de mon cerveau me brûlait le ventre et consumait mes tissus cellulaires. C'était déjà un bien bel effort d'avoir produit ces trois mots. En fin de compte, *l'idée bizarre* était le résultat de l'insatisfaction que je causais à Clémence, ou de la déception qu'elle éprouvait à mon égard, plus probablement un mélange des deux.

« Je sais pas, je proposais ça pour... et puis moi... » relança Clémence. Sa phrase s'autodétruisit. Elle n'osa plus rien ajouter, elle craignait peut-être que je laisse éclater une colère dévastatrice, ce n'était pourtant pas mon genre, alors là pas du tout. Elle se lova près de moi, la main sur mon cœur qui battait fort, ses lèvres déposées sur mes joues. Figée dans cette position, elle finit par trouver le sommeil. Je me mis à bander *dans le vide*, situation peu courante si l'on voulait bien se pencher sur les us et coutumes de notre couple ; en général Clémence s'occupait toujours volontiers de ma bite, elle ne me demandait même pas mon avis. Je conçus soudain un truc salace entre elle et moi, un peu crapuleux, presque punitif. Je gagnai la salle de bains à la hâte ; après avoir joui, prenant conscience que j'avais oublié de me laver les dents, je me saisis du tube de dentifrice. Le miroir me renvoyait le reflet d'un jeune père en marcel de nuit atteint d'un syndrome invisible. J'examinai comme chaque soir le temps qui œuvrait sur mon apparence, les rares filaments argentés parmi la touffe de cheveux grosse comme un tas de foin, le sillon cendré en expansion lente sous les yeux, les avant-bras blanchis et ramollis, les dents légèrement jaunies par le café malgré un nettoyage quotidien à la brosse électrique et le recours religieux au fil dentaire (à ce sujet, j'avais carrément reçu les félicitations de ma dentiste lors de ma dernière visite, elle n'avait jamais connu de patient aussi appliqué ; en général, m'avait-elle appris, les fils dentaires, ça fait chier tout le monde).

« Bref, reprit Clémence dans la Peugeot, j'envisage de quitter Carrefour. Ou même de changer de secteur. Ce pourrait être quelque chose de très différent, je n'exclus rien. » Elle demeura suspendue à cette altitude, comme si elle hésitait à pousser la porte entrouverte. Il y a des gens pour qui mener une existence normale est une mission impossible, même avec les faveurs du destin. Clémence avait survécu au pire des malheurs, et elle évoluait à présent dans ce siècle avec une telle aisance qu'elle avait le luxe de se laisser bercer par le songe d'un renversement total.

Nous approchions de Mons, dernière grande ville avant la France. Le paysage depuis Bruxelles n'avait offert qu'une enfilade de conurbations sinistres ; j'étais impatient de me mêler à la nature, enfin une sorte de nature, ce qu'il en restait. Je me souvins, et ce souvenir ne manqua pas de me serrer le cœur comme à peu près tous les souvenirs de mon enfance, de ce que la proximité d'une frontière suscitait en moi lorsque j'étais petit, comment le parfum des vacances modifiait immédiatement les dispositions de l'esprit, tel un sortilège. Mes parents me tiraient de mon sommeil peu avant l'aube et nous quittions Bruxelles, ça sentait le café dans la voiture, cette odeur associée au ronronnement de la route élargissait instantanément l'horizon. Nous quittions Bruxelles, je faisais la connaissance des forêts et des champs, j'apercevais des animaux le plus souvent domestiqués, programmés pour l'assiette — mais je n'avais pas encore l'âge pour le remarquer, c'étaient des animaux, nom d'un petit bonhomme, de stupéfiantes inventions que l'on ne rencontrait pas à la ville, ou alors, et l'idée était encore plus vertigineuse, ce n'étaient pas des *inventions*, rien ni personne n'avait inventé la vie, et dans mon esprit de petit garçon je tentais d'appréhender cette possibilité que tout ce que je voyais de cœur qui bat de sève qui colle de rivière qui coule n'était le produit d'aucune instance fondatrice. Il fallait observer et apprécier, c'est tout. La Haute Campine me semblait vaste comme les steppes d'Anatolie, l'Ardenne aussi giboyeuse et verdoyante que la Nouvelle-Zélande, le bâtonnet de littoral au bout du pays d'un bleu infini — et puis s'ouvrait la France, et puis apparaissait l'Italie : cette impression que la croûte terrestre contenait des milliards d'organismes qui s'épanouissaient en harmonie, qui ne périraient jamais, ou alors pour les besoins des uns et des autres, suivant les lois sympathiques de la pyramide alimentaire. Tout ça était faux, et je devrais bien l'apprendre un jour. Il n'y avait plus grand-chose dans ce pays, sinon des maisons pavillonnaires. Les quinze dernières années avaient été les pires, on avait construit et goudronné plus que jamais. Mon affection pathologique pour la nature était peut-être aggravée par mon absence de contacts avec elle, comme on aime une personne qui s'est éloignée, qu'on croyait omniprésente quand on était petit ; juste à soi.

Tous les souvenirs de mon enfance me serraient peut-être le cœur mais j'en gardais un qui le serrait si fort qu'il le tordait ; il le picotait comme une aiguille à tricoter. Il était resté tapi en moi à la façon d'un mauvais germe, à croire que dès l'instant où il avait eu lieu j'étais devenu vulnérable à un trouble que l'époque n'était pas près de diagnostiquer, et qui aujourd'hui ne me laissait d'autre issue que la fuite.

Enfant, donc, je croyais dur comme fer à une fable (une fable à laquelle croient tous les enfants) selon laquelle la nature a toujours été ainsi, et elle ne changera jamais ; elle aime les humains, et en retour nous l'aimons. Le printemps venu, je faisais avec ma mère des semis de tournesols, de courgettes, de potirons, de salades en tous genres, et jusqu'à la fin de l'été je passais mes journées dans notre petit jardin de ville oblong à observer rougir les tomates, croître les cucurbitacées. Je ne connaissais rien de plus fascinant et mystérieux que ce phénomène de bourgeonnement au bout de longs mois d'hibernation, et puis d'expansion, de suppression du vide, qui menait à la formation de fruits et de légumes, à la démultiplication et à l'amoncellement. Le décor de mon enfance se modifiait et fécondait, et ça ne demandait pas un sou. Je vouais un culte au seul arbre de notre jardinet, un figuier que ma mère avait planté à ma naissance, simplement pour célébrer la vie. Je le traitais comme mon double végétal. Je défendais à mon père de le tailler pendant l'hiver. J'interdisais à quiconque de cueillir ses fruits, qui pourrissaient sur place. J'évaluais à la main la circonférence de son tronc ; mon instrument de mesure étant lui-même en pleine croissance, je me perdais dans mes calculs. Son feuillage rugueux se reflétait sur les fenêtres des façades alentour, je m'éclatais d'avril à novembre dans l'imaginaire d'une forêt encaissée, constituée de figuiers clonés par un jeu de miroirs, et environnée de briques rouges et d'enduit délavé. Un été, de retour d'Italie, dévoré par l'impatience de découvrir combien le jardin avait poussé en notre absence — seule chose qui pouvait me consoler de la fin des vacances —, je bondis hors de la voiture et trouvai le figuier couché sur le flanc ; dans sa chute, il avait détruit la totalité du potager. Notre vieille voisine enragée l'avait abattu à la hache, elle ne supportait plus son ombre portée qui flétrissait son parterre de capucines. J'avais dix ans et je venais de comprendre que la mort est un ouvrage bien plus rapide, beaucoup moins fastidieux que la vie.

Je m'étais protégé de cette révélation en me construisant une personnalité d'intrépide, inconséquent et sûr de sa chance, qui à présent me rongeait de l'intérieur. J'étais assiégé par une nostalgie spéciale qui ne concernait pas que le paradis perdu, la belle nature d'autrefois, inviolée, idéalisée, mais s'étendait aussi vers le futur. Elle m'étreignait quand je contemplais une peinture de Brueghel l'Ancien, avec ses canaux gelés — c'était le climat que je n'éprouverais plus jamais, celui d'avant la détraction. Elle me frappait pareillement quand je lisais une étude d'experts scientifiques qui nous promettait le chaos en cas d'aboulie. C'était une détresse perpétuellement ravivée, ne connaissant pas de fin.

Marius dormait la nuque pliée. Clémence avait activé le régulateur de vitesse sur cent vingt-quatre kilomètres à l'heure. Elle écartait puis rejoignait son pouce et son index pour grossir et réduire la carte sur l'écran du GPS, jusqu'à profiter d'une vue satellitaire sur le globe terrestre. Notre position était représentée par une flèche qui occupait désormais la moitié de l'Europe et ne bougeait plus. Notre vitesse de déplacement, observée de si haut, apparaissait comme nulle.

Maintenant qu'elle m'avait fait part de ses tourments, Clémence avait l'esprit allégé. Moi, j'étais appesanti, enfin en apesanteur, une lourde masse flottante. J'étais dans la voiture avec ma petite famille tant aimée, sans être vraiment là. Je traversais un bref moment de vertige, comme ça m'arrivait parfois depuis que ma nouvelle vie avait commencé — depuis l'effondrement de mon empire —, un instant de dérivation de l'esprit, de distanciation d'avec le réel, au cours duquel je me demandais de façon très triviale, en songeant à Marius qui n'avait encore pris conscience d'aucune des perversions du monde contemporain tel qu'il est régi par les adultes, en songeant à la joie bête qu'il éprouvait cent fois par jour et qui m'avait quitté, je me demandais quel était le sens de *tout ça*, autrement dit de cette existence vorace et déracinée que nous menions, ce quotidien sédentaire, minéral, algorithmique, qui ne nous satisferait jamais, et par extension je me demandais s'il n'y avait pas une autre vie à mener, dangereusement simplifiée.

Au prix d'une forte contraction de mon cerveau, je parvins à réemplir mentalement l'espace physique.

Mon attention se porta sur la flèche du GPS, toujours immobile. Je me penchai pour agrandir la carte. La frontière française approchait. Mon projet de disparition redevint un sujet de préoccupation, à cause du moment d'absence que je venais de connaître, et à cause de la carte qui témoignait avec une vérité absolue des innombrables ramifications du réseau routier, de toutes les bifurcations possibles. Je me mis à tripoter l'écran. Je tâtonnai, j'agrandis une aire d'autoroute, je fis apparaître un village-étape. Je me promenai du bout des doigts le long de notre itinéraire en tentant de lutter dans ma tête contre sa prévisibilité, en voulant rompre avec le scénario omniscient conçu par l'intelligence artificielle, et par là avec la normalité apparente de ma vie.

4

Mon histoire avec Clémence avait pris sa source au cœur des sapinières ardennaises, dans l'orifice d'une lotion de crème solaire ; nous avions dix-sept ans.

L'aimais-je déjà ? Disons que je l'avais immédiatement *repérée*, et ce genre de détection instantanée se convertit souvent en sentiments. Elle était arrivée dans mon école cette année-là, pour une raison que la rumeur tarderait à m'apporter, à cause de ma légère marginalité, j'imagine ; j'étais le bouffon que l'on tient éloigné des affaires de la cité. Je la croisais dans les couloirs, entre deux cours, et j'étais déjà aimanté par ses vastes yeux verts, deux demi-sphères éclipsées par un voile, deux tristes émeraudes qui me soulevaient la poitrine chaque fois qu'elles se posaient sur moi par inadvertance. Je ne voulais rien laisser transparaître de mon vif intérêt pour ce qu'on appelait alors une *énorme bonnasse*. J'étais un séducteur, pas un prétendant ; c'était mon orgueil. J'appris d'abord, lorsqu'une camarade la héla dans la cour de récréation, qu'elle s'appelait Clémence. Puis, pour l'avoir lu sur les tableaux d'affichage où le proviseur avait placardé la composition des classes, qu'elle s'appelait Clémence Bourguignon. Je ne trouvai guère d'informations supplémentaires, rien qui ne m'expliquât d'où venait ce voile, si c'était une posture sociale ou le reflet d'une noirceur congénitale. Facebook existait depuis quelques années, mais ils étaient peu nombreux à l'école qui fréquentaient ce site. Si elle tenait un Skyblog, j'ignorais sous quel nom ; Google, qui se répandait dans les foyers, ne me fournit aucune occurrence. Dans les conversations groupées sur MSN, j'espérais que quelqu'un l'ajoute, que je puisse enfin connaître son pseudo et, plus intime encore, son statut ; certains élèves partageaient en effet en une phrase leurs états d'âme, donnaient des indices sur leur situation amoureuse, voire sur leur philosophie de vie. À l'époque, je me connectais sous le pseudo Paul-le-Mariole, et j'avais opté pour le statut « Le corps à corps, ça c'est du sport », bien que je fusse encore puceau.

Quelqu'un m'apprit un jour ce que la moitié de l'école savait déjà. Elle avait perdu ses deux parents en l'espace de quatre mois, le père d'un cancer du pancréas, la mère qu'on disait déjà névrosée, suicidée à la carabine dans la cave à vin. C'était à notre âge une chose impensable, qui nous fascina. Dans la cour, à la descente du tram, partout où elle promenait sa silhouette raidie par le choc, elle était nimbée de l'aura du deuil, entrée dans un territoire mystique auquel nous n'aurions certainement pas accès avant longtemps ; adulte accomplie alors que nous n'étions qu'une bande inutile d'élèves mal dégrossis. Elle vivait maintenant chez sa tante à Bruxelles avec sa grande sœur adorée, un asile qui la réconfortait tant bien que mal ; voilà ce qui se murmurait. Ainsi donc ce voile était le produit d'un châtiment jeté par le destin.

Au début du mois d'octobre, nous partîmes en classe verte avec l'ensemble des terminales. Les profs comptaient nous entraîner dans des excursions en pleine nature, nous prodiguer des cours de morale et de philosophie ; quant aux élèves, ils projetaient de se foutre d'énormes races dès la nuit tombée.

Un anticyclone tropical campant sur l'Espagne, exceptionnellement tardif, nous soufflait ses courants suffocants. À en croire les prévisions, il menaçait de migrer vers le nord et de nous liquéfier pour de bon en se désintégrant sous l'effet des masses d'air plus froid ; attentat-suicide au-dessus de nos têtes.

L'été qui avait été si long me réserva pour octobre, juste avant l'entrée dans les ténèbres que nous commencions à souhaiter — fatigués par autant de lumière —, ce qu'il a de plus enivrant, ce dont tous les jeunes gens rêvent quand reviennent les beaux jours.

Le premier rassemblement se tint dans la cour du grand gîte. Je la cherchais. Un instant, je songeai avec effroi qu'elle n'était pas du voyage ; peut-être avait-elle encore quelque affaire à régler liée à la mort de ses parents. J'étais déjà en train de me demander sur quelle fille j'allais tenter d'exercer mon pouvoir de séduction pour me consoler, lorsque deux silhouettes s'écartèrent et livrèrent Clémence à mon regard comme des nuages d'un coup découvrent la lune. Un chouchou nouait ses longs cheveux noirs, elle n'avait pas encore cette coiffure impeccable et sans accessoire qui me rendrait fou. Ses grands yeux verts étaient cette fois ombragés par le rayonnement du soleil. L'odeur de macadam fondu me chauffait les tempes. J'avais envie de la bouffer.

Le lendemain, escortés de plusieurs botanistes, les profs nous emmenèrent dans une zone naturelle protégée. Nous fûmes répartis aléatoirement en petits groupes de randonneurs. Le hasard me plaça avec elle. Le cortège s'arrêtait épisodiquement pour observer une plante en voie de disparition, un sol géologiquement époustouflant. Les élèves posaient souvent des questions débiles, moi le premier ; je la faisais rire. Nous marchions sur des sentiers rôtis par le soleil, nous humions les odeurs de feuillus et de résineux. Je m'imaginais ailleurs, en Provence, dans les forêts de Calabre ou de Sardaigne. Je cherchais à m'approcher d'elle, mais toujours sur mon chemin se dressait un obstacle, un prof bien gras qui suait à grosses gouttes et tentait péniblement de suivre l'allure, une grappe d'élèves qui mutilaient la dépouille d'une grenouille ; chacun trouvait son sens à la balade.

Soudain Clémence rencontra un problème avec son sac à dos. Le troupeau continua sa progression tandis qu'elle s'échinait à former un nœud avec les lanières de son sac. Le sentier était étroit, mon bras effleura le sien. Je ralentis subtilement le pas, jetai un regard par-dessus mon épaule ; elle s'était remise à marcher, seule, orpheline à la dérive. Je ralentis encore, je me détachai de la colonne de randonneurs. Elle remonta à ma hauteur. Nous nous mîmes à discuter. De quoi ? J'aimerais m'en souvenir. J'aimerais pouvoir nous écouter, avoir un enregistrement venu d'un passé lointain. On se rappelle les derniers mots d'une histoire d'amour, ceux de la rupture et du saccage, pas ceux qui établirent la première connexion. J'avais la gorge sèche, certaines de mes phrases se terminaient dans un étranglement. J'étais intimidé par sa beauté supérieure à mes standards, par l'idée que cette jeune fille avait déjà enterré ses parents, un rite que l'on accomplit normalement lorsque la mort devient pour soi-même un sujet d'inquiétude. Comme le chemin nous empêchait de marcher côte à côte, elle était tantôt une voix dans mon dos, tantôt une créature irréelle dont je pouvais contempler sans gêne le déhanché, les longues jambes égratignées par les ronces et rougies par les piqûres de moustique et d'araignée, les cheveux noirs qui jaillissaient du chouchou comme un geyser de pétrole, la robe en crépon qui sautillait au rythme de ses pas et laissait deviner, par à-coups subreptices, son petit cul. Je repris l'ascendant. Je parlai de moi. Elle rit longtemps. Nous étions dans un sauna parfumé à la sève et aux épines de sapin. J'étais gagné par les prémices du sentiment amoureux, qui font de vous un être en parade animé par une fougue insoupçonnée, comme si un sang nouveau vous innervait — en fait pas du sang, mais des neurotransmetteurs activés dans un but de conquête. Les voix écrasées du groupe se mêlaient aux bavardages des oiseaux, aux voitures qui bourdonnaient sur une route, là-bas dans le monde civilisé. Clémence s'inquiéta du soleil qui cramait sa nuque, elle me demanda d'appuyer dessus. Je lui dis que ça rougissait dangereusement, en effet. Elle me pria d'y appliquer une nouvelle couche de crème solaire. J'ouvris sa lotion ; ça sentait la plage, les corps nus, l'eau salée, les lézards qui filent entre les porosités des rochers. Je caressai sa nuque du bout des doigts, mon nez tout près de ses cheveux. Je fis le tour de son cou dans un mouvement extrêmement pudique, jusqu'à atteindre l'échancrure de son décolletté. Le sol devant moi se dérobait. C'était insoutenable et incompréhensible.

De retour au gîte pour le repas du soir, notre attraction prit une densité surnaturelle. Les pommettes de Clémence gonflaient chaque fois que je disais quelque chose, n'importe quoi. Ses cheveux retombaient sur ses épaules, libérés du chouchou. Nos corps étaient en mutation, leur proximité faisait bouillir des liquides, ils n'avaient déjà plus tout à fait les mêmes propriétés, et ils ne toléraient la présence d'aucun autre, ou alors à dessein, pour troubler le jeu de la séduction. Certains élèves s'approchaient de nous avec leur plateau-repas puis déviaient brusquement de leur trajectoire, comprenant qu'ils menaçaient de rompre une alchimie. Parmi les garçons, ils n'étaient pas nombreux à m'envier. Il fallait être bête pour croire qu'une fille aussi belle s'intéressait sincèrement à vous, et une fille fraîchement orpheline encore pire, sans doute névrosée et lunatique, elle vous en ferait voir de toutes les couleurs. Le piège était tellement grotesque…

Se jetait-elle sur moi pour se venger du drame qui l'avait frappée, pour récupérer un peu de la tendresse qui lui avait été volée ? Me sentais-je l'âme du frère qu'elle n'aurait jamais, du père qu'elle avait perdu, de l'oncle absent, de tous les hommes à la fois qui peuplent et qui hantent la vie d'une femme ?

Elle s'éclipsa dans le dortoir des filles. Je rejoignis celui des garçons. Certains fumaient des clopes roulées sur le balcon, l'un d'entre eux faisait le guet à l'entrée ; leur vie me parut incolore. Je n'avais pas encore le numéro de Clémence, sinon je lui aurais écrit : « Viens dehors. » Je pensais très fort à ce message en regardant le plafond du dortoir plongé dans la nuit, *Viens dehors*, un ordre de voyou. Il pulsait dans ma tête. J'étais déjà prêt à faire tapis. J'avais les yeux comme écartelés, je cherchais dans la géographie du plafond lépreux une explication à cet étourdissement qui m'étreignait, à cette rupture de la normalité, dangereuse et enveloppante, qu'on appelle l'amour. Mes doigts sentaient encore la crème solaire.

Le lendemain soir, une réunion clandestine, filles et garçons mélangés, s'improvisa dans notre dortoir. Nous jouâmes au whist en buvant quantité de liqueurs coupées aux jus d'orange et d'ananas. Les cartes n'intéressaient pas Clémence, elle se saoulait simplement, assise contre un lit. Nos regards se scrutaient comme deux phares font du morse dans la nuit. J'avais du mal à me concentrer sur le jeu, j'échouai à réaliser une grande misère alors que je disposais d'une main quasiment imparable (je possédais tous les 2, les 3 de cœur et de carreau, une longue suite de petites valeurs en pique et pas la moindre carte au-dessus de 10 ; ma seule faiblesse se situait en trèfle, où j'avais dû composer avec un écart entre le 2 et le 7 — qui me fut fatal).

« Débrouille-toi pour me baiser quelque part », me pria Clémence au moment où chacun regagnait son lit. Je descendis d'un seul élan jusqu'à la réception du gîte malgré l'étourdissement que l'ordre venait de provoquer en moi, peut-être un commandement motivé non seulement par l'alcool mais aussi par son deuil, qui rendait dérisoires l'amour et le sexe. Elle me suivit sans comprendre. Le réceptionniste somnolait. Je le contournai à pas de canard. Je tendis le bras pour m'emparer d'une clé de chambre au hasard ; j'étais ivre. Clémence secoua son index, ouvrit grand la bouche sans émettre de son, je crus l'entendre dire « Mamma mia, Paul… » (elle possédait, en effet, quelques notions d'italien). Le réceptionniste ne bougea pas un cil.

La chambre était située au dernier étage du bâtiment. Un balcon donnait sur une forêt de conifères, l'aurore se signalait déjà. Une rivière reflétait la lumière fraîche. Nous jubilions de notre audace, de notre veine. J'étais incroyablement heureux ; un bonheur absolu, qui ne risquait pas de se représenter un jour. Clémence ouvrit la porte-fenêtre. Nous nous embrassâmes sur le belvédère. Je pris une douche. L'eau froide giclait sur mon sexe en pré-alerte.

Clémence s'était endormie comme une masse au-dessus de la couverture. Sa peau sentait fort la gnôle, ses cheveux étaient disposés en éventail autour de sa tête. Je blottis mon corps humide et nu contre le sien, habillé. Peut-être les autres garçons avaient-ils raison de se méfier. J'étais résolu à chasser le péril annoncé en faisant l'étalage de ma différence.

5

Trois ans plus tard, je me hissais en finale du concours des aspirants humoristes, celui où je m'étais distingué dès le premier tour par mes singeries avec la bouteille d'eau. Nous n'étions plus que deux compétiteurs en lice. Ma rivale, une Liégeoise qui maniait l'humour noir, était annoncée favorite, tant elle avait époustouflé son public lors des tours précédents. Je n'avais pas démérité, moi non plus, et je préparai l'épreuve avec confiance. Il n'y avait pas de raison que j'échoue, si l'on songeait à mes nombreux atouts. J'avais toujours fait rire les autres. L'humour était un mode de communication que je jugeais plus naturel que le langage sérieux, beaucoup plus impérieux et respectable, il élevait et allégeait les rapports entre les humains, quand l'autre les épaississait inutilement. Il m'apparaissait comme un art facile d'accès, de fabrication rapide et gratuite, qui s'effaçait aussi vite qu'il avait été créé, qui ne reviendrait pas, ou alors sur une autre scène, un autre soir, mais il suffisait d'un mot en trop, d'un accent tonique à contretemps, pour que l'œuvre ne soit pas la même et sa réception changée. La scène, voilà ce qui m'intéressait, plateforme de la gloire ou de la déchéance. La scène et le bruit, les bouches béantes du public qui me faisaient grésiller d'orgueil, tous ces gens sous mon emprise comme des oisillons attendant leur prochaine pitance. Je leur donnais d'autres éclats de rire, mais c'était surtout eux qui me nourrissaient, car je voulais par l'accroissement de ma popularité accroître l'amour de Clémence pour moi, lui déléguer le rôle de celui qui craint d'être quitté. C'était un procédé naïf et théorique, facile à énoncer, mais au faible taux de réussite. Je devais absolument y parvenir, et dans de brefs délais ; bientôt l'état de passion amoureuse nous lâcherait comme la mer se retire, et ce serait le début des ennuis. La scène était à cette fin une arme beaucoup plus puissante que des chroniques à la radio ou des vidéos sur YouTube, autres sièges de l'humour. Clémence pouvait mesurer par des vibrations, une élévation des températures et la convergence de dizaines de regards sur mon seul corps éclairé, l'admiration que je suscitais. Sous les projecteurs, ce qui me constituait sourdement prospérait sans faux semblants, j'étais comme certains joueurs de foot, énigmatiques dans les vestiaires et dont la *nature profonde* éclatait au grand jour une fois sur le terrain, des tueurs en mission. C'est ce que je m'étais persuadé de croire : que mon humour pratiqué sur scène était le reflet de ma *nature profonde* et que je n'avais pas, contrairement à l'immense majorité des stand-uppers, de mélancolie à dissimuler.

Je n'oublierai jamais qu'à mes débuts Clémence doutait de ma réussite. Elle craignait qu'en tentant de faire commerce de mon humour je ne devienne un clown mécanique et calculateur qui ne la ferait plus rire. Elle aurait été dépossédée de ce qui l'avait immédiatement conquise alors qu'elle pleurait encore ses parents. « Le monde entier doit-il savoir que tu es drôle ? » me demandait-elle parfois. Je répondais invariablement par un adverbe, *absolument*, *exactement*, une détermination sèche pour qu'elle ne trouve rien à ajouter. Elle n'espérait qu'une chose, se tromper dans ses prédictions, car il n'y avait à ses yeux rien de plus séduisant qu'un homme rempli de confiance en lui et qui croit savoir qu'un avenir spécial l'attend.

En un quart d'heure, je jetai les bases du sketch que je jouerais lors de la finale du concours ; je l'ignorais encore, mais je tournerais longtemps avec ce numéro impayable, et bien au-delà de Bruxelles. De nouveau, j'avais la ferme ambition de me distinguer du stand-up traditionnel dès mon apparition. Je projetais de monter sur scène en exécutant un salto, comme quelqu'un qui se laisserait un peu trop vite griser par l'euphorie des applaudissements d'entrée. Sauf que je me gaufrerais, la tête fracassant le sol, le corps contorsionné, et que j'aurais vraiment mal. Je gémirais sans même avoir à simuler la douleur. Le public serait dérouté, ne sachant s'il s'agissait d'un réel accident ou d'une mise en scène burlesque digne des meilleurs comiques du cinéma muet. C'était là mon idée.

Ma compétitrice opta quant à elle pour une histoire de viol collectif sous un viaduc. Ce n'était pas mauvais du tout dans son genre, mais hélas pour elle, plusieurs femmes quittèrent le comedy club en cours de représentation et le jury fut plongé dans l'embarras. Il n'allait tout de même pas couronner une performance qui avait outragé une petite frange de l'assistance. D'un autre côté, l'humour n'avait pas vocation à ménager les âmes susceptibles. Vieux débat qui surgissait dans les plus obscurs cafés-théâtres. Par chance pour le jury, mon sketch avait fait un tabac ; je fus nommé vainqueur et la polémique s'éteignit aussitôt.

Grâce à ce plébiscite, je fus repéré ce soir-là par les patrons du Comedy Ket, une société dédiée aux jeunes humoristes prometteurs. C'était deux types pince-sans-rire, l'un pourvu d'une longue barbe brune, l'autre d'une longue barbe rousse. On les appelait, par commodité, Barbe brune et Barbe rousse. Ils portaient invariablement une veste de costume et une chemise blanche, accoutrement inhabituel dans le milieu, où le sweat à capuche dominait largement le marché. Lorsqu'ils chassaient les *talents de demain*, Barbe brune et Barbe rousse se tenaient debout dans l'endroit le plus lumineux de la salle, et jamais ne riaient. Barbe brune chuchotait parfois à l'oreille de Barbe rousse, les deux petits paillassons se mélangeaient ; Barbe rousse sortait un calepin de sa veste en opinant de la tête et griffonnait des mots.

Je ne pus m'empêcher, lors de mon sketch victorieux, de leur jeter des regards ; ils présentaient des visages hirsutes et stoïques, des yeux dépourvus de sentiments. Après la proclamation des résultats, je paradai près du bar, mon trophée à la main. On me servait beaucoup de bières ; je calmai l'ardeur de mes fans, sous peine de finir pitoyablement la soirée. On me parlait du salto raté, on criait au génie, certains me disaient combien ils avaient eu peur pour moi, d'autres qu'ils avaient tout de suite compris le manège. Mon bras fut soudain tiré vers l'extérieur. C'était Barbe rousse. « Suis-moi », dit-il. Je cherchai mon père du regard, mais la foule était si compacte que je ne voyais rien à plus d'un mètre. Le paternel devait picoler quelque part, euphorique. « Attendez, j'aimerais venir avec mon agent », fis-je savoir à Barbe rousse. Il écarta ma requête d'un signe de tête. Barbe brune apparut à son tour, et je suivis docilement les patrons du Comedy Ket.

Nous traversâmes la rue balayée par un vent qui augurait l'automne. L'air frais apaisa mes joues en éruption. L'estaminet d'en face exhalait une odeur illégale de tabac. Des plantes en plastique habillaient les appuis de fenêtre. Les fûts pissaient la bière la moins chère du quartier. Barbe rousse commanda trois verres de grappa. Barbe brune me faisait face. « Bon, c'était plutôt comique, ton petit numéro », concéda-t-il, l'air un peu las. Barbe rousse rappliqua avec la grappa.

« C'était même excellent ! renchérit-il. Et ce salto, quelle entrée grandiose... » Je baissai les yeux, gêné par le compliment. Nous trinquâmes. « À ton contrat ! » s'exclamèrent-ils. « À mon contrat », fis-je à retardement. La liqueur m'enflamma la tuyauterie, je menaçai de vomir. L'alcool aidant, et tout de même enhardi par mon succès sur les planches, je gagnai en assurance. Ces deux barbus jouissaient certes d'une position sociale supérieure à la mienne, mais je comptais bien les dépasser rapidement ; après tout, j'étais fait d'un bois drôlement robuste. Je leur dis : « Messieurs, vous m'êtes bien sympathiques, mais des contrats, j'en reçois par dizaines, alors avant de signer quoi que ce soit, vous me ferez le plaisir de me le montrer, votre papelard. » Ils s'esclaffèrent ; l'insolence feinte, ça marchait souvent.

Barbe rousse dégagea de son veston un contrat au format A5 enroulé à la manière d'un parchemin. « Avec nous, tu vas devenir une rock star », dit Barbe brune, non sans ironie. Il n'en pensait pas un traître mot, mais je n'étais pas dupe. Au moment où j'achevais de signer le document, mon père entra dans l'estaminet. Un filet de sueur reposait sur son crâne chauve et reflétait la lumière des néons, mon père brillait, luciole dégingandée qui papillonna jusqu'à son fils nourricier. Il exécuta un léger mouvement de tête pour saluer les deux barbus, assortissant son inflexion d'un simple « Messieurs... », l'expression quelque peu hébétée. « Tu as chaud, on dirait », lui signalai-je. Il sortit aussitôt un mouchoir en tissu et s'épongea le crâne ; la luminosité de la pièce faiblit. Je fis les présentations. « Voici mon agent », annonçai-je à mes nouveaux patrons. Je pris soin d'omettre qu'il s'agissait de mon père, j'avais peur de passer pour un fils à papa. Mon père, je crois, lut clair dans mon jeu et s'en trouva un peu vexé. Il rassembla toutes ses forces pour se retenir d'ajouter que j'étais également, et surtout, son fils. J'avais pour avantage l'héritage des cheveux blonds et abondants de ma mère. « Monsieur l'agent de monsieur Paliseul nous fera-t-il l'honneur de partager un verre de grappa en notre modeste compagnie ? » s'enquit Barbe brune avec une obséquiosité qui me chiffonna. Mon père accepta ; Barbe rousse adressa un geste à l'attention du barman.

Il y eut un moment de flottement, personne n'avait l'air de vouloir prendre les commandes de la conversation. Mon père en profita pour me pincer la cuisse. Inclinant à peine la tête vers moi, et les yeux baissés, par pudeur peut-être, ou à cause de la présence des deux barbus, il chuchota : « Fier de toi. » Je l'informai que je venais de signer le premier contrat de ma carrière. Son visage se compliqua. Il referma le bouton inférieur de son veston en lin, qui figurait parmi les plus élégants de sa garde-robe. « Je peux lire ? » demanda-t-il d'un ton un peu ridicule. Barbe brune poussa le document du bout des doigts, sans regarder mon père. « Et donc, vous disiez que vous comptiez faire de moi une rock star… » relançai-je pour ramener favorablement mon agent dans la conversation. « Ni plus ni moins, répondit Barbe rousse à qui la manœuvre n'avait pas échappé. Voici comment. » Dès le lendemain, les patrons du Comedy Ket lanceraient la production de cartes de visite, d'un site Internet standardisé, d'affiches à placarder dans tous les cafés-théâtres de Bruxelles, d'une large panoplie de visuels pour partir à l'assaut des réseaux sociaux, et d'autres outils de marketing à même de stimuler mon narcissisme. « Tant qu'on y est, on n'enverrait pas un avion publicitaire au-dessus des plages ? » suggérai-je, mais cette fois la boutade se heurta au regard noir des deux barbus. À plusieurs reprises, mon père nous interrompit pour pinailler sur quelque article du contrat ; il fut systématiquement débouté par Barbe brune, qui avait réponse à toutes les objections. Les interventions de mon père commencèrent à me gêner. Je percevais nettement, dans l'expression des deux barbus, qu'ils jugeaient avec une circonspection croissante ce zouave qui me servait d'agent. « Papa, ferme-la un peu », coupai-je soudain, et je réalisai aussitôt mon erreur. Mes nouveaux patrons promenèrent leur regard du père au fils, la bouche entrouverte. Mon agent s'épongea encore le crâne et se tut jusqu'à la fin de la soirée. Je tentai de me rattraper par de discrètes marques d'affection ; mon père, je l'aimais.

6

Une moto nous doubla rapidement par la droite. La pétarade agressa Marius dans son sommeil. Son visage se déforma d'un coup, s'empourpra, un pleur immense érupta, et l'ambiance dans l'habitacle prit en peu de temps une tournure cataclysmique. Je n'avais pas besoin d'obliquer le regard pour deviner les petits tremblements qui devaient secouer Clémence, reliquats des premiers mois de la vie de Marius, lorsqu'elle avait éprouvé ce que c'était qu'être mère d'un enfant capable de hurler sa race pour des motifs non identifiés. Quelques kilomètres plus loin, elle s'engouffra à pleine vitesse sur un terre-plein.

Nous venions d'entrer sur l'aire de Saint-Ghislain-Sud.

L'herbe était maigre et les rares arbres faisaient peine à voir. Des camions se ravitaillaient sous la grande arche Texaco comme des bestiaux à l'abreuvoir, ils crachaient parfois des soupirs de satisfaction. Je priai Clémence de bien vouloir faire le plein de notre voiture, je ne supportais plus l'idée d'avoir des traces d'essence sur les mains. C'était lâche de ma part, je n'en demeurerais pas moins ce type parmi des millions d'autres qui congestionnait le réseau routier et distillait un peu partout du gaz carbonique. Cette vérité me liquéfiait chaque fois que j'y pensais. Clémence accepta, mais je sentis chez elle la naissance d'une réticence. Je me demandai ce qui se passerait le jour où elle me dirait non, non tu oublies, non parce qu'à moi aussi ça me pose un problème, je ne mettrai plus une goutte de carburant dans cette bagnole. Nous laisserions le pistolet suspendu à son crochet et nous planterions là notre Peugeot, elle bloquerait de longues heures durant l'accès à l'une des douze pompes de la station, jusqu'à ce qu'une dépanneuse vienne l'enlever et l'emmène à la fourrière la plus proche, et malgré les courriers de rappel à l'attention des propriétaires, personne ne viendrait la chercher, aucun parent ne la relancerait sur la route, un véhicule parfaitement opérationnel et pourtant orphelin, on s'interrogerait sur le sort à lui réserver, la procédure à suivre, et puis quelqu'un finirait bien par le racheter, le remplir et le vider d'essence jusqu'à l'obsolescence ; tout ça n'y aurait rien changé.

Tandis que Clémence réhydratait la Peugeot, je pris Marius par la main et nous nous dirigeâmes à petits pas vers les installations commerciales. L'aire de Saint-Ghislain-Sud était de superficie modeste, à peine trois enseignes, un Louis Delhaize, un Starbucks et un KFC. La presse avait disparu des étals ;

à la place, juilletistes et aoûtiens se confectionnaient sur un écran tactile la fausse une d'un tabloïd frappée de leur trogne en gros plan et d'un titre de leur invention en caractères gras, qu'ensuite ils imprimaient ; les journaux ne servaient plus à s'informer mais à se mirer. Des espèces variées d'individus se ruaient sur des seaux de cuisses de poulet issus de l'agro-industrie, quand ils n'achetaient pas par larges brassées des saucisses Bifi Roll et des tartines-triangle aux œufs et au bacon. D'autres optaient pour un café qui coûtait le prix d'un cocktail, et n'ayant guère le choix, j'entraînai Marius vers le comptoir du Starbucks. Je commandai un Iced Latte parfum caramel. Je ne sais pas pourquoi j'eus ce désir d'un breuvage aussi chimique et con, ce n'était plus du café mais un milkshake — peut-être mon interface vocale s'était-elle temporairement déconnectée de mon esprit. « Six euros trente le café glacé, c'est pas donné… » fis-je remarquer à la serveuse dans le but à peine voilé d'obtenir une réduction. « Et encore, c'est sans compter mon pourboire », répliqua-t-elle avec malice en désignant du regard une tirelire translucide en forme de porcinet. Dans un passé récent, c'était à moi, à la sortie des comedy clubs, qu'on filait un généreux pourboire. Je fourrageai dans mes poches et introduisis quelques piécettes dans le porcinet.

Une fois ôté l'opercule en plastique, je trempai mes lèvres dans mon Iced Latte avec une once d'amertume morale à cause des matériaux utilisés, de l'enseigne qui me l'avait vendu, du pouvoir attractif de l'acte d'achat auquel j'avais encore cédé malgré moi, en un mot à cause du *système*. Le Starbucks mettait à la disposition de son aimable clientèle un bac rempli de boules colorées dans lequel Marius se précipita. Je pensais que j'allais pouvoir déguster mon café sans dérangement, seul avec mes pensées inquiétantes, mais il revint rapidement et me supplia de lui servir de compagnon de jeu. Je ne connais rien de plus triste qu'un petit garçon avec qui son père refuse de s'amuser, et j'avais la hantise de lui laisser le souvenir d'un être vidé de sa joie de vivre, alors comme d'habitude depuis sa naissance je fis semblant, je fis semblant à fond, par amour pur. Jusqu'à quand l'imposture psychique devrait-elle durer ? Ça pourrait être la fin, là, maintenant. Il ne tenait qu'à moi de m'évader et de mettre un terme à cette comédie sociale. Marius m'entraîna dans le bac, mon grand corps incongru occupa presque tout l'espace et se couvrit de boules en plastique mou. Il riait de me voir là, il était satisfait de son coup, fier que ce zouave aux longs cheveux blonds, qui venait de faire fuir tous les autres mômes, fût son père. Nous nous jetâmes des boules à la figure dans une bataille ouateuse et multicolore. La serveuse finit par intervenir et me pria de sortir du bac. Sale petite ingrate, pensai-je en songeant aux piécettes dans le porcinet.

« Viens, je dois faire pipi », dis-je à Marius. Nous empruntâmes le couloir principal. Des plantes mouraient lentement dans de grands pots mauves. Des adolescents s'excitaient sur une machine, ils manipulaient une pince métallique dans l'espoir d'attraper un téléphone dernier cri, une montre connectée, au pire des écouteurs sans fil. Marius les fixait, captivé. D'une manière générale, les gens avaient l'air mal en point, ils étaient adipeux, couperosés, voûtés, encrassés, dégarnis, la vie avait déjà bien endommagé la vie, et j'observai Marius avec émotion, son corps encore tendre et parfaitement fonctionnel, cette enveloppe inaltérée qui peu à peu faisanderait comme la neige en ville se salit avant de fondre et disparaître. Les toilettes étaient gardées par un portique à tourniquet ; ça coûtait un euro. Par principe, je tournai les talons, Marius dans mes jupons. Il aperçut, à proximité de la sortie de secours, une Little Kids Car montée sur ressorts et courut aussitôt jusqu'au véhicule. J'insérai une pièce de deux euros dans la fente prévue à cet effet. « Mon petit loup, je vais faire pipi dehors et puis je reviens, d'accord ? Tu restes bien là, hein. » La voiture, reproduction fidèle d'un coupé Mercedes Classe A, le secouait dans tous les sens. Il poussa de vifs cris d'excitation, bientôt il fut pris de hoquet, comme souvent lorsque sa joie excédait un certain seuil.

Je distinguai un creux : un canal. Il était bordé, du côté de l'autoroute, par un pâturage où paissaient deux gigantesques panneaux solaires ; et, sur l'autre rive, par une plaine hérissée d'arbres épars d'essences diverses, que des clôtures ici et là compartimentaient.

Marius, au même moment, s'éclatait dans sa petite Mercedes, et Clémence en avait probablement fini avec le plein de sans-plomb 95, j'imagine qu'elle traînait sur son téléphone, consultait sur Instagram les dernières publications de ses influenceuses favorites — des filles qui incitaient leur *fanbase* à pratiquer des séances de chamanisme pour « remercier la Terre mère », des trucs de cette sorte — ou alors elle exécutait distraitement une posture de yoga dans la Peugeot, effectuant des exercices de respiration avec une certaine désinvolture, un peu pour se donner un genre. Je m'approchai du bord du canal. Une pente artificielle glissait doucement jusqu'à la surface ridée par le vent. Cinq ou six mètres plus loin, la dalle de béton se cabrait à nouveau et débouchait sur le panorama éclaboussé de soleil. Un genre de pipeline couvert d'une mousse jaunâtre passait d'une rive à l'autre ; si Marius m'avait demandé ce qu'il transportait, j'aurais été bien en peine de lui répondre. Des canards en patrouille circulaient sur le canal, j'aperçus même une paire de cygnes. Leur blancheur, additionnée aux miroitements du soleil, m'aveugla un instant. Je sortis ma trompe. Pisser à l'air libre, voilà un bonheur simple qui ravira encore des générations d'hommes. J'observai les roseaux, les herbes hautes, les arbustes et les volatiles qui m'environnaient, tandis que le vent faisait battre les drapeaux du Starbucks et que le ballet des camions sifflait dans mon dos, et j'eus une pensée désolée pour la faune et la flore des aires d'autoroute. Ces organismes auraient pu, avec un peu plus de chance, prospérer au cœur d'une forêt, à la rigueur dans une futaie communale ou le jardin d'un particulier, mais non, le destin les avait positionnés dans ce périmètre enlaidi et rendu assourdissant par l'être humain, où l'être humain durant son passage éclair s'adonnait à ses activités courantes, bouffer, jeter, se vidanger, brûler du carburant. Je me demandai, en fixant avec intensité un buisson de valérianes, si ces plantes nous en voulaient ou si c'était moi qui projetais sur elles ma propre mélancolie coupable, alors que peu leur importait, prairie fertile ou parking de supermarché ça leur était franchement égal, tant qu'elles pouvaient s'adonner à leur petite photosynthèse de tous les jours.

Je demeurais debout face au panorama. Il aurait suffi de faire trempette avec les palmipèdes, d'escalader la pente en béton, gagner l'autre rive et détaler dans la plaine pour atteindre la première ligne d'arbres, avec le même étourdissement juvénile que Marius courant vers sa petite voiture. Je m'imaginais dans la peau d'un soldat des tranchées, lesté de vivres et de munitions, qui se prépare à fournir un sprint d'une centaine de mètres sous la menace des tirs ennemis. Je pressentais un mélange de ces deux états suscités par la course, celui de l'enfant excité et du soldat tenu en joue. Je n'allais pas le faire maintenant, mais je menais là une phase exploratoire, je tentais de concrétiser mentalement mon invraisemblable projet d'évasion. Je le confrontais à la vérité du terrain et je réalisais combien il serait ardu de le mettre à exécution, d'abord parce qu'il n'est pas simple d'échapper à l'attention de sa femme et de son fils, et puis parce qu'il faut du cran pour quitter ceux qu'on aime.

Je crus au début à une tromperie de ma vue brouillée par les réverbérations de la chaleur. Sur la rive opposée, venant de la droite, une silhouette se déplaçait entre les herbes avec le flegme et la vigilance d'une panthère. Curieusement, sans doute parce que je ne m'attendais pas à la voir apparaître dans la zone où je m'étais imaginé en fuite un instant plus tôt, je mis un peu de temps à identifier Clémence, pourtant c'était bien elle dans sa robe verte et sans manches qui progressait vers le lointain, qui laissait derrière elle des arbres esseulés, et un mari, et un fils. Je songeai, dans un bref moment d'effroi, qu'elle avait lu dans mes pensées et qu'elle partait à ma recherche. Je visionnai d'un œil extérieur la suite du film, j'avais vraiment foutu le camp, et Clémence en fouille au milieu des pâturages tremblait déjà d'insultes et de sanglots, prête à laisser exploser son amour mangé par la haine.

« Hé oh, Clem ! »

Mon appel ne lui parvint pas, elle regardait toujours vers le fond de la plaine, tout d'un coup elle s'accroupit et baissa sa culotte au pied d'un arbre.

Lorsqu'elle se redressa, elle m'aperçut enfin, qui faisais de grands gestes. Elle gagna le bord du canal qui nous séparait. Je tâchai d'engager la conversation, je lui demandai pourquoi elle était allée si loin pour pisser alors qu'il y avait des toilettes à l'intérieur, mais le vent emporta ma voix. Elle me renvoya une question que je ne compris pas bien, probablement à propos de Marius. Nous étions deux inconnus dont les routes se croisent à une frontière formée par un cours d'eau, et qui ne se trouvent pas de langage commun. Nous en avions pourtant un, le plus beau de tous, au nom duquel nous avions produit un petit garçon qui à cet instant précis cherchait partout ses parents. Clémence repartit d'un pas décidé le long du canal, vers l'endroit d'où elle avait débouché. J'en fis de même de mon côté. Je l'observais à la dérobée, je m'étais dépossédé du droit de la regarder sans motif. Le vert de sa robe saturait de lumière, le noir de ses cheveux brillait comme le noyau d'une étoile morte. Était-ce cette femme, encore si athlétique et coriace, avec qui j'avais traversé sans encombre la moitié de mon existence, que je songeais à abandonner ? Nous atteignîmes simultanément les deux extrémités d'un petit pont en acier. Clémence marcha vers moi, le regard fixé sur le pont, ne leva la tête qu'au dernier moment. « Je n'avais pas de monnaie pour les toilettes, et comme je ne te voyais pas... » dit-elle avec simplicité. Elle écarta les bourres de cheveux qui barraient son visage et les disciplina derrière ses oreilles ; elle avait des yeux énigmatiques. Son expression soudain se contraria, je lus l'immense inquiétude qui venait de s'emparer d'elle. « Il est sur un jeu… » murmurai-je.

Nous courûmes côte à côte jusqu'à la Little Kids Car.

7

Un mois après le succès de mon salto raté, je figurais à l'affiche d'une soirée organisée par le Comedy Ket. J'allais pour la première fois jouer sous l'égide de Barbe brune et Barbe rousse. Le show devait se tenir dans un café-théâtre du quartier des Marolles. Sur le chemin, je répétais mes gammes avec le sérieux d'un premier de la classe qui ne doute pas de sa réussite. Les gens sortaient leurs poubelles à la hâte, c'était veille de ramassage. Des monticules de cartons gorgés d'eau hérissaient les trottoirs. Des trottinettes jonchaient le sol, courbées comme le blé par le vent. Le mouvement rotatif de la grande roue qui trônait sur l'ancien mont des Potences grinçait au-dessus des toits. La ville traversait le mois de novembre et j'allais devoir faire rire un petit échantillon de sa population. Clémence marchait en respect plusieurs mètres derrière moi. Elle m'orientait parfois avec des indications de copilote de rallye, « ici à gauche », « là, sous le portique », et m'adressait des mots d'encouragement tendres et banals. Bientôt cette promenade en couple, de notre domicile jusqu'à des comedy clubs et des salles de spectacle, studieuse, démembrée, deviendrait rituelle.

Le quartier des Marolles abritait toutes sortes de gens, des pochetrons, des miséreux à cabas, des hipsters à lunettes rondes et monture dorée, des artistes lestés d'un instrument dans un étui noir, des femmes voilées de pied en cap. La fraîcheur humide avait allongé leur pas, leur ombre fuyait sur les trottoirs de la rue Haute. Au loin, des lampions aux couleurs vives servaient d'éclairage public, c'était le comedy club. Mon père se tenait seul sous la marquise. « Ah, voilà notre star ! » fit-il en écartant les bras. Il examina mon allure, il voulait savoir si j'avais bien dormi, bien mangé, si j'étais confiant et relax. « Tout va bien, papa », dis-je pour me dégager de son regard.

Je descendis au sous-sol du café-théâtre, escorté de ma femme et mon agent. La température grimpa, la moiteur s'intensifia, nous approchions d'un feu souterrain. Sous une voûte en briques rouges, encadrée par une enfilade de chaises composant un U, une petite scène se dressait, baignée d'une lumière quadricolore. Un public compact brouhahatait. Des graffitis habillaient les murs. L'ambianceur tirait des câbles, vissait un baffle sur son pied. C'était un garçon d'une joviale épaisseur, immédiatement apparente ; il portait un pull à capuche tapissé de marguerites. Sitôt qu'il m'aperçut, il abandonna ses câbles et m'accueillit avec une accolade virile. « Paul Paliseul, c'est ça ? Viens t'installer à côté de tes petits camarades », dit-il en me prenant sous son aile diamétrale, où régnaient des odeurs corrosives. Mes *petits camarades*, de jeunes humoristes pouponnés au Comedy Ket et appelés comme moi à défiler sur scène, me saluèrent un à un par une percussion du poing, parfois assortie d'un clin d'œil ; je leur renvoyai leurs amabilités, mais je les considérais surtout comme des adversaires que j'avais bien l'intention d'écrabouiller à l'applaudimètre.

Le tirage au sort me plaça en troisième position, après une fille longiligne d'origine camerounaise qui jongla fort drôlement avec les stéréotypes ethniques, et un mec désinvolte, queue-de-cheval frisée et flancs rasés, qui mania un langage de banlieusard du plus bel effet. Le verlan, le cul et la schnouf semblaient former un triangle impérial dans le milieu, éventuellement accompagné de questionnements identitaires, et pour la première fois je m'inquiétai de mon sort, alors que mon tour approchait sous les applaudissements nourris du public. N'étais-je pas trop marginal, absurde, nihiliste — voire carrément cryptique ? N'étais-je pas juste un *paumé de la vie* ?

L'ambianceur hurla : « Faites un putain de bordel pour Pauuuuuul Paliseuuuuuul ! » Ce signal sauvage et traînant qui m'introduirait durant quelques années m'électrisa la poitrine. Je me décapsulai de ma chaise. Je montai sur l'estrade dans un silence astral. Je bus un instant la lumière des spots. Je guettai les premiers mouvements de l'assistance qui ne savait encore rien de moi ; j'éprouvais une brève sensation surnaturelle. Je dépassais ma condition humaine. J'étais plusieurs êtres à la fois, moi et tous ceux qui me fixaient, j'absorbais leurs facultés, j'aspirais leur âme, j'étais un magma de mortels en lévitation dans le cosmos, et dans ce délire métaphysique, je me sentais capable de faire sauter tous les verrous. Pourtant j'allais simplement raconter une histoire un peu tordue devant des gens assis en arc de cercle, pratique qui s'observait depuis des temps immémoriaux. Mais j'étais comme ça, convaincu d'avoir été touché du bout du doigt par la grâce. Je balayai la salle du regard. Les spots manquaient de lumens, je pouvais distinguer Clémence et mon père, assis l'un à côté de l'autre et feignant la décontraction, et même les deux barbus qui s'étaient tapis dans le coin le plus obscur de la salle (ils m'expliqueraient par la suite que ce positionnement visait à se faire oublier pour ne pas déconcentrer leurs humoristes). Je crus discerner dans leurs barbes un frémissement ; le public s'apprêtait à décider de mon sort.

J'exécutai mon salto. Comme prévu, je me fis mal à la figure. J'étais vautré sur le plancher, mon crâne entre les mains. Lorsque je me relevai, la gueule encore à l'envers, je compris que cette fois, j'avais échoué. Barbe rousse se confectionnait nerveusement une tresse sous le menton. La mâchoire de Clémence s'était affaissée. Mon père avait posé la tête sur ses poings joints, la mine déjà défaite.

Je devais réagir sans délai, et de façon spectaculaire.

Dans un élan qui pouvait tenir du génie autant que du suicide, cherchant probablement secours dans la dynamique gestuelle qui m'avait réussi d'entrée lors de mon premier show d'humoriste je me ruai sur une spectatrice, je lui arrachai des mains son verre de bière, j'en déversai le contenu sur ma trogne en produisant des bruits bizarres avec ma bouche, puis je fis volte-face et catapultai mon projectile contre le mur. Le verre explosa en un nombre considérable de morceaux ; le public réagit par le plus parfait des silences, proche de la tétanie. Les deux barbus avaient reculé d'un bon mètre, je ne les distinguais plus. Clémence avait caché son visage dans ses mains, les vertèbres bien raides cependant. Mon père était blanc comme une plaque de marbre. Je rencontrais, dans toute son hostilité, la solitude de la scène. C'était le premier véritable échec artistique dans ma vie, et je ne pouvais m'y résoudre, il m'était interdit d'abdiquer. On attendait de moi une pirouette pour me sauver de l'excommunication. Je me saisis du micro et, le plus stoïquement possible, je dis : « Salut, moi c'est Paul Paliseul, je suis ravi d'être ici ce soir… » Une petite phrase providentielle pour me ressusciter. L'assistance plongea dans une hilarité presque extatique ; personne ne l'avait vue venir. Moi-même je dus me remobiliser pour ne pas céder au triomphalisme. Quoi que je fasse par la suite, le public l'accueillerait avec une allégresse quasi religieuse.

J'avais, il est vrai, avec mes cheveux de paille trempés par la bière et ma chemise blanche à col mao, une allure vaguement mystique.

À la sortie, mon père posa un baiser sur mon front. « *That's my boy !* » cria-t-il en me malaxant l'épaule. Je parvenais à contenir l'immense joie qui m'inondait de l'intérieur. Le destin que je m'étais fourré dans la tête commençait à se réaliser, il y avait dans cette consécration quelque chose de logique. Le public vida peu à peu les lieux. Demeuraient les deux barbus, les six stand-uppers, Clémence et mon père. Assis côte à côte, Barbe rousse et Barbe brune allaient procéder à la distribution de la paie, le chapeau posé sur une table. Clémence discutait avec l'un des humoristes, un petit brun, beau gosse, humour cracra, très doué en gestuelle ; elle n'aimait pas les garçons courts sur pattes, je ne m'inquiétais pas. Barbe brune, le regard solennel et giratoire, retourna le chapeau. Les billets en avaient épousé la forme arrondie, quelques pièces roulèrent comme des toupies. Barbe brune compta les billets, Barbe rousse les pièces ; tout le monde fermait bien sa gueule, le regard aimanté par le fric. Mes *petits camarades* repartirent l'un après l'autre avec une liasse multicolore, que chacun feuilleta du bout des doigts, dans son coin. Je fus convoqué en dernier. Je n'eus droit qu'à des pièces. Mon père les réceptionna dans un porte-monnaie en cuir mou qu'il avait apporté pour l'occasion. Son expression gourmande se détériora rapidement. « Je ne suis pas sûr de bien comprendre… Ils sont où, les billets ? » Les deux barbus se dévisagèrent. Barbe rousse but une gorgée de pils. Barbe brune répondit à mon père : « Le partage du chapeau, c'est à la discrétion des patrons. Fallait lire le contrat. » Mon père se pinça les lèvres, il s'en voulait d'avoir failli dans son job d'agent. Moi, je m'en fichais, je savais que par la force des choses, l'abondance adviendrait. Nous sortîmes.

Il faisait calme ; un rideau de pluie mouillait les Marolles. La poigne pleine, mon père fit retomber les pièces au compte-gouttes dans son porte-monnaie. Il les tripota longuement, la scission du butin semblait techniquement compliquée. Il me tendit enfin mon dû et garda pour lui le reste, soit quatre euros et soixante-quinze centimes. Ce soir-là, il n'évoqua guère son projet d'agritourisme en Italie.

J'avais été le plus mal payé, mais c'est de mon show dont on n'eut de cesse de parler dans les jours qui suivirent. On n'en revenait pas. J'avais détruit tous les codes, je n'avais reculé devant aucune audace. J'étais le dépositaire d'un genre à part, entièrement neuf. Et, logiquement, le succès enfla de lui-même, avec lenteur mais sans ressac, comme une marée tranquille, irrésistible. Les dates s'enchaînèrent et s'étalèrent sur plusieurs mois et bientôt plusieurs années, les coutures du porte-monnaie en cuir mou de mon agent menaçaient tous les soirs de craquer. J'étais devenu la tête de gondole du Comedy Ket, la locomotive d'une génération. Barbe brune et Barbe rousse me témoignaient toutes sortes de petites attentions, je ne les aurais pas crus capables d'une telle prévenance. Je fus admis dans des salles à la capacité de plus en plus grande, jusqu'à deux cents spectateurs. La presse généraliste s'intéressa un peu à moi. J'eus droit à quelques interviews par-ci par-là, ainsi qu'à un portrait dans le quotidien *Le Soir*, titré : « Paul Paliseul, l'anticonformiste du stand-up bruxellois ». Ça me convenait bien. Clémence imprima un agrandissement de l'article, qu'elle encadra et fixa au mur de notre hall d'entrée. Par cet acte, elle marquait son adhésion définitive à mon choix de carrière. J'avais eu l'intuition que ça marcherait, elle avait prédit le contraire ; son erreur la comblait de joie. Elle avait le sentiment un peu vaniteux qu'ont tous les jeunes gens en âge de se marier et qui plus tard probablement s'estompe, d'avoir hérité du *bon numéro*. Mon originalité qui l'avait d'emblée séduite était maintenant source de rentrées financières et l'objet d'une admiration partagée. J'avais eu raison, à dix-sept ans, de jeter mon dévolu sur cette fille, même si l'amour adolescent n'obéit à rien qui soit rationnel. Je touchais enfin au but.

Au bout de quelques années à tourner avec les mêmes saynètes sans queue ni tête, je mis au point avec beaucoup d'aisance un nouveau spectacle burlesque et foutraque, une sorte de péplum à ma sauce qui devait faire la synthèse de tout ce qui avait précédé. Je l'intitulai « Vaginoplastie ». Je l'expérimentai sur scène dans le comedy club où j'avais joué pour la première fois, à l'âge de vingt ans. Je goûtai au plaisir de revenir sur la terre qui m'avait vu naître avec la suffisance de celui qui a confirmé les promesses placées jadis en lui, auréolé désormais du statut de vedette locale. Ce fut une sensation inoubliable d'entendre le public pouffer alors que, à peine monté sur scène, je n'avais pas encore remué les lèvres ni même bougé le petit doigt ; ma réputation suffisait. Je m'assis sur le tabouret de façon parfaitement normale *(rires)*. Je pris le micro, toujours de façon parfaitement normale *(rires)*. Enfin — et c'est là que mon spectacle commençait vraiment, dans mon plus pur style — je me mis à parler.

« L'an dernier, j'ai changé de sexe. Le XXIe siècle sera celui des femmes, autant le passer dans le camp des vainqueurs, vous ne pensez pas ? Je n'allais pas moisir avec mon vieux poireau quand on peut, moyennant un simple coup de canif, accéder à une infinité de privilèges. C'est la même chose au foot, je supporte toujours l'équipe qui occupe la tête du classement. Donc bref, j'avais pour projet de me faire sectionner la nouille... *(Mon téléphone sonne. Je l'extrais de ma poche et, à la lecture du numéro qui prétendument s'affiche, je prends un air grave.)* Attendez, vous permettez, ça, je ne peux pas laisser... *(Je me précipite dans les coulisses, d'où l'on m'entend chuchoter quelques instants dans un idiome des Balkans, probablement du bulgaro-macédonien. Je reprends ensuite mon spectacle là où je l'avais laissé, le plus naturellement du monde, sans livrer d'explication.)* De quoi vous parlais-je, encore ? Ah oui, ma bite... » À ce stade le public était encore un peu perplexe, pas certain de vouloir adopter cette nouvelle cocasserie. Je gardai le cap, je savais que l'adhésion viendrait de la persévérance. Très vite je m'interrompis derechef, cette fois pour feindre d'aller pisser, laissant les spectateurs dans le silence et la pénombre pendant un bon moment, jusqu'à ce que le doute s'installât alors même que tous ces gens savaient bien de quoi j'étais capable. Je revins d'une démarche nonchalante, sans prendre la peine de m'excuser. Et ainsi de suite, mon sketch étant fréquemment perturbé pour des motifs improbables, quinte de toux, bref évanouissement, soif à étancher d'urgence par l'absorption cul sec d'une bouteille d'un litre et demi d'eau (une prouesse par ailleurs remarquable, sans conteste l'un des temps forts du spectacle). À la fin de la représentation, même si j'étais loin d'être arrivé au bout de mon histoire de vaginoplastie, c'est entièrement à poil que je saluai mon public, qui découvrit le pot aux roses : j'avais toujours un zizi.

À la suite de ce nouveau show, Bruxelles devint trop étroite pour mon talent. J'étais en expansion organique. Ma propre croissance me grisait. Ça n'avait pas grand-chose à voir, mais chaque fois que je me rendais chez le boulanger de notre quartier qui commerçait sur la même superficie et générait le même chiffre d'affaires depuis trente-cinq ans, j'essayais de comprendre comment cette prédisposition au statu quo pouvait rendre heureux ; c'était à mon sens l'un des plus grands mystères de l'humanité récente. La croissance était pourtant inscrite dans les gènes du vivant, comme un nerf que la modernité industrielle excitait dès l'école. Je décrochai mes premières dates ailleurs en Belgique, puis dans le nord de la France. Je marchais lentement vers Paris. Ça ne suffisait pas encore pour mon agent, son projet d'agritourisme en Italie tardait à prendre corps malgré mon ascension. Il touchait une moyenne de trente-cinq euros par représentation. Il développa l'idée de capitaliser sur ma notoriété en lançant la fabrication de produits dérivés. Il commanda une ligne de bandanas en soie, accessoire avec lequel il voulait que je m'affiche sur scène dans l'espoir que les gens veuillent le même pour me ressembler. Malgré mes ambitions, j'étais quelque peu dubitatif, je redoutais le naufrage commercial. Le stock s'écoula en une quinzaine de dates, il fallut d'urgence en recommander auprès de notre fournisseur en Roumanie. Les T-shirts et les mugs à mon effigie se vendaient avec la même facilité à la sortie de mes spectacles. Mon agent en profita pour me demander si sa commission pouvait être doublée. Eu égard aux efforts déployés, j'acceptai.

La Voix du Nord m'accorda un jour l'honneur de sa manchette et *Le Monde* publia un papier dithyrambique sur deux colonnes, « Paliseul, un ovni en provenance de Bruxelles », qui trouva aussitôt place dans notre hall d'entrée à côté de l'article du *Soir*. La bataille principale se déroulait évidemment sur les réseaux sociaux ; la presse écrite, c'était pour le prestige. Je me couchais et me réveillais avec mon téléphone qui tisonnait mon narcissisme, électrocutait mes capacités de concentration, menaçait de détruire mes facultés de contemplation, tout ce bla-bla neuropsychologique que j'avais beau entendre c'était trop tard, j'avais prêté allégeance à cette petite tuile de cuivre et de cobalt aux propriétés semblables à celles de l'Anneau unique, clonée des millions de fois partout sur les continents. À ce jeu, je n'étais pas mauvais non plus. J'utilisais Facebook, Instagram et bientôt d'autres attrape-temps, dans le mépris des codes en vigueur, fidèle au registre que j'employais sur scène. Clémence en faisait de même pour doper le chiffre d'affaires de Carrefour, elle avait pris de sa propre initiative les commandes des réseaux sociaux de son magasin, d'abord un petit Express de quartier, ensuite l'hypermarché qui lui offrirait sa première voiture de fonction, une Audi A1 (plus tard remplacée par la Peugeot 2008 et son coffre automatique, « le SUV compact pour déjouer les pièges de la ville »). Nos succès, chacun dans notre périmètre d'action, nous stimulaient mutuellement. Nous avions la sensation inexprimée d'être un couple *dans le vent*. Il y avait dans les trophées que l'on rapportait à la maison, l'idée d'une obtention collective, bien que nous nous épaulions rarement l'un l'autre. Nous parlions la nuit, c'est tout. Nous parlions beaucoup, il fallait quotidiennement mettre à jour l'état d'avancement de nos rêves individuels et de nos rêves communs. Notre obsession de croissance et d'expansion nous projetait sans cesse vers l'issue qui nous attendait tous, la désintégration.

Clémence m'accompagnait sur chaque spectacle, même dans la plus sinistre localité. C'était un moyen tout trouvé de passer du temps ensemble. Après la représentation, nous errions dans les rues en quête d'une adresse où tromper notre faim. Un soir ce fut chez un vendeur de dürüms, un autre au McDo, un autre encore dans une pizzeria que nous occupâmes jusqu'à sa fermeture, songeant tristement au pizzaïolo palermitain qui avait échoué là et tentait d'importer avec kitsch quelques charmes de son île dans une ancienne ville minière du nord de la France. Clémence commanda des carafes du *vino della casa*, je me goinfrai de *cannoli* à l'orange qui avaient le goût de la ricotta bon marché. L'avenir constituait depuis toujours le cœur de nos conversations, il nous faisait tourner la tête, tous les espoirs avaient encore droit de cité ; nous n'avions pas vraiment atteint l'âge adulte. Le passé n'était pas en reste, il fallait élucider toutes ces années où l'autre n'existait pas pour soi, ce temps gâché à ne pas vivre ensemble. Clémence me parla de ceux à qui je la devais deux fois, par leur ruade procréative mais aussi, dix-sept ans plus tard, par leur mort, qui me l'avait amenée dans mon école. La conversation prit un tour plus grave, les forces du mal se rappelaient à nous. Sa jambe entourait la mienne comme du liseron, ma main attrapa la sienne et l'emprisonna, la plaqua doucement contre la table. J'avais conquis définitivement une souveraineté, j'avais annexé tout l'espace de ses désirs et je me demandai comment contrôler à long terme une si vaste étendue ; il n'y avait pas trente-six possibilités. Les serveurs baissèrent le rideau, se saisirent d'une bouteille d'Amaretto derrière le comptoir et s'approchèrent. Nos rires s'allongèrent, nos raisonnements s'effilochèrent alors que nous avions la prétention d'enfin philosopher. Clémence flirtait avec l'un des serveurs, et l'espace d'un instant je redevins celui qui doutait de la mériter pour lui seul. Nous rentrâmes à l'hôtel au milieu de la nuit. Nous fîmes l'amour comme des adolescents, brouillons, hyperkinétiques ; nos fluides en ébullition circulaient à vive allure, le corps plastique et mat de Clémence prit feu. Le lendemain, réveillés par une clameur dans la rue, nous jouâmes au backgammon en buvant du café en poudre mis à la disposition de la clientèle (et inclus dans le prix de la nuitée). Clémence à un moment passa son bras sous le plateau de jeu et atteignit mon sexe. La femme de ménage fit irruption dans la chambre sans se signaler et nous surprit, Clémence en train de me branler, moi de la doigter, séparés par un backgammon à la renverse.

Quelque temps plus tard, un autre matin, en ouvrant le plateau de jeu, je découvris un test de grossesse positif ; nous avions vingt-six ans.

8

Deux jeunes femmes levaient le pouce à la sortie de l'aire de Saint-Ghislain-Sud. L'envie me prit de me distraire un peu, et peut-être inconsciemment de retarder mon effacement, ou alors de le faciliter en détournant l'attention de Clémence vers d'autres présences humaines ; tout allait vite, ce n'était pas très clair. Je déportai la Peugeot sur la droite, je baissai à distance la vitre côté talus, je scrutai dans le rétroviseur les deux auto-stoppeuses qui couraient vers nous et, une fois à notre hauteur, je leur demandai où elles allaient comme ça. « À Paris ! » crièrent-elles d'une même voix, avec un large sourire à visée commerciale. Paris... pensai-je douloureusement.

Ce n'était pas du tout mon genre, j'avais en général peu d'appétit devant la page d'accueil d'un site à caractère pornographique, mais la perspective d'une modeste partouze improvisée me traversa l'esprit, une pensée qui n'avait d'autre but que d'enclencher le *divertissement* auquel j'aspirais, et je fis usage du rétroviseur central, alors que les deux auto-stoppeuses prenaient place à côté de Marius, pour tenter de m'imaginer en train de pénétrer d'autres femmes que Clémence ; un exercice mental presque perdu d'avance. Celle qui s'était installée à côté de Marius portait une frange, un chignon blond, un anneau doré dans la narine, un collier de perles minuscules ; elle avait des petits yeux bleus assortis à sa salopette et de grosses lèvres sur lesquelles mon regard se posa avec une insistance déplacée, j'en fus un peu confus. Ça ne se présentait pas trop mal, mais quand je regardai mieux l'autre, mon imagination cessa aussitôt de fonctionner. La fille n'était pas laide du tout, le problème c'est qu'elle avait vraiment déconné sur le nombre de piercings, on aurait dit un arbre à clous ; elle avait les cheveux courts. Sur son ample blouse noire, une vipère mutante transperçait les orbites d'un vampire cocaïnomane.

J'émis l'hypothèse, tandis que nous avions retrouvé notre vitesse de croisière, que nos passagères étaient du genre à lécher des cramouilles ; si partouze il devait y avoir, ma présence serait jugée optionnelle. Clémence s'assura qu'elles n'étaient pas trop mal installées malgré l'amoncellement de bagages, que la température dans l'habitacle leur convenait, que Marius ne les incommodait pas. « Non, il est trop chou », dit celle aux petits yeux bleus. Marius en effet battait des jambes, multipliait les sourires, imitait à la chaîne et avec une étonnante fidélité le bruit de quelques-uns des plus emblématiques animaux de la ferme, dont la vache et le cochon. J'étais fier de son numéro comme si j'en étais l'artisan, comme si c'était sur moi que les petits yeux bleus posaient leur regard attendri. « Bon et vous faites quoi, dans la vie ? » demanda Clémence. La question était d'une généralité navrante, mais il fallait bien quelqu'un pour la prononcer. J'allais peut-être réussir à oublier pendant un moment que ce trajet en voiture était censé me conduire à une violente séparation dont je serais l'unique commanditaire.

Quelques années auparavant, l'arbre à clous avait quitté son emploi de graphiste au sein du quotidien local *La Nouvelle Gazette* pour rejoindre à temps plein le mouvement écologiste Extinction Rebellion (à ces mots, je compris que la conversation allait tourner autour de la nature bousillée, des dérèglements en cours, de la lâcheté et de la paresse des gouvernements, du pire à venir ; mon état psychique risquait d'empirer, un comble alors que j'avais embarqué ces deux auto-stoppeuses dans le but de me changer les idées). « Pardon, mais tu t'appelles comment ? » interrompis-je l'arbre à clous de manière un peu déphasée, avec l'espoir de gagner du temps, ne fût-ce qu'une poignée de secondes. « Roxane », dit Roxane. « Et moi, Clara », dit l'autre. « Et moi, Clémence », dit Clémence. « Et moi, Paul, dis-je. Oui, c'est ça, Paul, Paul Paliseul, et même, pour être tout à fait complet, enfin je veux dire, au cas où vous vouliez aussi connaître mes autres prénoms, Paul Jean-Marc Anselme Paliseul. »

Personne n'ayant rien à ajouter, Roxane poursuivit. Je n'allais tout de même pas brancher la radio pour couvrir le son de sa voix. De toute façon, au point où j'en étais…

Roxane avait toujours réussi à échapper aux arrestations administratives, jusqu'à ce matin d'hiver où elle s'était introduite dans le musée des Beaux-Arts de Mons, flanquée de deux autres activistes, des filles bien plus jeunes qu'elle. Elle avait jeté de la soupe de céleri sur une peinture de Van Gogh où l'on devinait un paysan du Borinage en train de disperser des poignées de semences. Une giclure abjecte, verdâtre, couvrait la vitre de protection du tableau. Les visiteurs alentour poussèrent des cris indignés, le vigile de la salle s'époumona dans son talkie-walkie. Roxane eut encore le temps de taguer sur le mur au spray noir « + 1,5 °C » avant de déguerpir dans le sillage de ses comparses, qui s'en étaient pris à deux autres toiles. Les slogans de notre époque n'appelaient plus à la justice, la fin de la guerre, la mort de l'État ou à niquer la police, ils désignaient une hausse de température en degrés Celsius. Avec cette performance saluée par la frange intégriste de la communauté militante, Roxane voulait signifier au monde entier que, dans un futur proche où la famine menacerait même les populations les plus sophistiquées, l'art n'aurait selon elle plus aucune importance. Alors pourquoi s'indigner, bande d'abrutis ? Pourquoi cette giclure de soupe de céleri sur la vitre de protection d'une peinture, pourquoi ce modeste attentat sans conséquence serait-il un sujet plus *grave* que la préservation de la vie sur Terre ? La suite montrerait à Roxane qu'ils étaient peu nombreux dans le débat public à apprécier son raisonnement. La profanation des peintures de Van Gogh fut un *trend topic* plusieurs jours durant. De grosses poches idéologiques d'internautes et de commentateurs libérèrent avec allégresse les débords de mépris qu'ils avaient pour les écologistes radicaux. Cette foule d'individus bavards et vaniteux semblait ignorer qu'au même moment, l'entreprise Total entérinait l'expropriation massive d'autochtones en Ouganda, phase préparatoire à la destruction d'un biotope inestimable sous lequel sommeillait un puissant gisement de pétrole. La major française exterminait des éléments de la nature en toute décontraction, et ce n'était qu'un exemple parmi d'autres qui hantaient Roxane, pendant que l'opinion publique et la classe politique se déchaînaient sur le jet de panade de trois jeunes filles éprises du rêve de voir advenir un nouvel âge. Ce soir-là, seule dans sa chambre, saoulée par cette débauche de haine qu'elle venait de découvrir sur les réseaux sociaux, Roxane s'était mise à pleurer ; je me demandai pourquoi elle nous faisait cette confidence, si c'était pour que nous prenions avec elle la mesure de la débilité des hommes, ou pour nous indiquer que derrière sa cuirasse bien rugueuse palpitaient un cœur sensible et des idéaux absolus. Oh, moi aussi à cet instant j'aurais aimé pleurer, j'avais connu de trop près les effets néfastes des réseaux sociaux. Ils m'avaient renvoyé un certain reflet de l'état du monde, et ce reflet avait brûlé mes ampoules.

Une escouade de policiers avait débarqué à l'aube chez Roxane, avec l'ordre de fouiller son domicile. En guise de protestation, elle avait ôté son pyjama, ce qui ne perturba nullement la flicaille. Elle assista donc à la perquisition dans son plus simple appareil. Je me surpris à ce stade de son récit à couler un œil discret dans le rétroviseur. Roxane, avec son air un peu garçonne, m'apparut soudain vaguement érotique. Le projet de partouze sur une aire d'autoroute reprit de la consistance. Tandis qu'elle poursuivait son histoire, mes pensées dévissèrent. Je songeai à Clémence, à l'instabilité de notre vie sexuelle. C'était surtout ma faute, quantité de contrariétés mentales venaient inhiber mon désir en se faisant passer pour plus essentielles que les flux de l'amour. Je ressentais ce lent déclassement que la naissance de Marius avait enclenché ou à tout le moins rendu inexorable, un déclassement éprouvé par tant d'autres, en général dû à l'âge — les passions se reportant sur des activités et des achats, mais aussi sur la carrière, la quête de pouvoir, la possibilité d'une ou plusieurs expériences adultérines, l'aménagement d'une résidence à la mer ou à la montagne, de nouveau en presque toute chose l'expression de notre désir d'expansion continue et d'accroissement de notre emprise sur le monde —, à l'âge mais pas seulement, et même surtout désormais à ma *maladie*, autrement dit à notre époque. Oui, notre époque avait rendu ma floche toute flapie. Je ne croyais pas vraiment à ce qui se disait sur l'érosion du mythe viriliste, je ne pensais pas que cette érosion pouvait se traduire par une impuissance sexuelle — la défaite jusque dans le slibard. J'étais pourtant un excellent candidat, le type qui gagnait moins que sa femme, qui s'occupait davantage de l'enfant, qui ne suscitait plus la même admiration. Enfin peut-être cette théorie s'appliquait-elle à certains hommes, mais pas à moi. Ce qui contribuait à saper ma libido, c'était le sort tragique du figuier de mon enfance organisé au niveau planétaire. C'était mon incapacité à mettre cette tristesse en mouvement, comme pétrifié par la superficie du drame. Il devait y avoir de ça, je le pensais sincèrement, quelque chose de l'ordre du sociétal ou même du cosmique me *bloquait le pénis*, je n'exagérais pas le phénomène. Quand je songeais à nos débuts, à Clémence et moi... Tout était si léger, tout était si vif. Il me revenait souvent en mémoire une scène particulièrement voluptueuse, dont le souvenir me mettait encore un peu mal à l'aise. Nous étions allongés dans l'herbe du bois de la Cambre, à proximité des berges du lac. Des palmipèdes effectuaient quelques longueurs dans une eau agitée ; des touristes ralliaient l'île Robinson en barque. Le vent moyennement mobile rendait la chaleur supportable, par moments soulevait un coin de notre nappe. Soudain Clémence dégagea mon sexe, le durcit sans peine et se l'incorpora, la jambe pliée et la jupe légèrement relevée. Je me promenais très lentement en elle, domptant des pulsions qui me commandaient d'y aller avec barbarie, retardant la ruade finale, lorsqu'un vendeur de fleurs s'approcha de nous et me suggéra d'offrir une rose à Clémence. C'était probablement un Indien ou un Pakistanais, le visage finement sculpté, le cheveu très noir, habillé comme un avocat ou un employé de banque ; ce qu'il avait sans doute été avant d'immigrer et d'éprouver la misère. Clémence se cacha dans mon cou et poursuivit notre parade dans un mouvement du bassin presque invisible. Je fis des signes de la main pour chasser poliment l'intrus. Je regardai alors Clémence d'un air interdit, elle continuait à caresser son sexe à l'aide du mien, mais avec de plus en plus de difficulté ; je m'étais subitement ramolli.

À mon sens, notre amour n'avait plus besoin de cul pour perdurer. Nous pouvions maintenant observer avec un mélange de tendresse et de condescendance les jeunes amants emportés par les élans ridicules de la passion. Mais Clémence ne voyait pas les choses de la sorte. Elle avait récemment introduit de nouvelles méthodes pour faire venir le désir, s'employant avec persévérance à nous conduire vers des sensations charnelles jusque-là inexplorées. Je faisais tout mon possible pour ne pas *tomber en panne*, même si je ne pouvais pas m'empêcher de penser qu'elle agissait sous l'influence d'un *maître* en train de la *former*. La vie en couple, passé l'état de grâce du commencement, était une culture de désirs ambigus, inconciliables. Le sexe n'en était pas le ciment, il ne l'avait jamais été, c'était au contraire son matériau le plus fragile.

À l'arrière de la Peugeot, Marius se tortillait sur son siège, il tentait de se défaire des bretelles de la ceinture. Clara lui fit la lecture de *T'choupi va sur le pot*, l'histoire poignante d'un pingouin qui parvient à s'affranchir du port du lange. Ensuite elle nous conta son histoire à elle, des fragments de sa vie récente, et je tâchai de récupérer le fil de la conversation.

Roxane et Clara s'étaient rencontrées à *La Nouvelle Gazette* lors de leur premier stage en milieu professionnel. Roxane assistait les graphistes dans la mise en page du journal, Clara écrivait des papelards bas de gamme pour le site Web et l'édition papier, des trucs qu'au bout de quelques jours elle ne se rappelait plus avoir pissé. Elle rêvait d'être une grande reporter, une signature respectée et engagée, la Nellie Bly du XXIe siècle ; ce n'était pas un bref séjour au sein d'un journal de seconde zone qui fracasserait ce rêve.

Deux ans plus tard, Clara travaillait à temps plein chez Decathlon, elle gérait le rayon cycles. La nuit venue, elle rédigeait jusqu'aux petites heures des articles sur l'écologie, son thème de prédilection, qu'elle vendait ensuite au plus offrant, souvent un magazine confidentiel qui la payait, ramené à l'heure, l'équivalent d'une aumône. La prose de Clara ne s'apparentait pas vraiment à du journalisme, c'était plutôt du militantisme décomplexé, ce qu'elle revendiquait car à ses yeux le dérèglement climatique était un sujet si grave, et scientifiquement prouvé, qu'il n'était plus question pour la presse de se retrancher derrière une quelconque forme de neutralité. « C'est comme si nous étions dans les années 1930 et que les journaux refusaient de prendre position contre le nazisme… » élabora-t-elle avant de nous présenter aussitôt ses plus sincères excuses, elle n'avait pas prévu d'atteindre si vite le point Godwin. « Ce n'est rien, ça peut arriver à tout le monde », dis-je pour la tranquilliser. Si seulement son désarroi se limitait à sa petite personne, si seulement il n'était question que de ça, mais non, il y avait plus grave, un mouvement de fond contre lequel elle ne pouvait rien. L'intelligence artificielle avait fait irruption dans son métier et bientôt elle écrirait mieux, moins cher, plus vite que la plupart des scribouillards faits de chair et d'os, dans une accélération insoutenable de l'innovation, un délire aveugle.

Clara se sentait en inadéquation avec son temps : en retard et en avance. Son talent était ringardisé, son engagement écologique dénigré, son audience en voie de disparition, et sa trajectoire me parut drôlement parallèle à la mienne, en moins brutal peut-être. J'aurais aimé lui témoigner mon empathie en la serrant très fort dans mes bras, mais j'étais occupé à conduire sur l'autoroute, le *cruise control* fixé à cent trente-cinq kilomètres à l'heure.

J'avais en revanche un avantage sur elle, dans la perspective de l'effondrement de notre civilisation ou de son infiltration totale par l'intelligence artificielle (à voir lequel de ces deux phénomènes l'emporterait ; une coexistence n'était pas à exclure). L'humour, contrairement à la littérature ou au cinéma, était un art qui résisterait à toutes les catastrophes. Il n'avait besoin d'aucune industrie, d'aucun accessoire. C'était le plus primitif d'entre tous, et en même temps le plus insoumis à l'automatisation des tâches. Aucune machine ne serait jamais plus drôle que l'humain.

Il y eut un moment d'accalmie bénéfique à tout le monde. J'observais par à-coups furtifs les deux auto-stoppeuses. Sans son emploi chez Decathlon, Clara aurait vécu misérablement, et Roxane encourait une peine de prison de vingt-quatre ans, exactement son âge. Elles conservaient cependant la fraîcheur et la hargne des jeunes années, alors que moi, j'étais pris de petits vertiges rien qu'à entendre leurs histoires, le monde me semblait encore plus fichu que ce que je pensais.

La présence de ces deux filles, ou plutôt la conscientisation de notre blessure commune, m'injecta toutefois un regain de gaieté. Grâce aux vertus de l'auto-stop, pour la première fois je côtoyais de près des gens qui souffraient du même mal que moi. Je ressentis à leur égard de la gratitude, j'eus envie de me faire apprécier d'elles.

« Moi aussi, la défonce de notre planète, ça me fout le seum. Je suis triste de ouf... »

Je ne sais pas pourquoi je venais de recourir à ce type de langage, celui que j'avais longtemps entendu dans les comedy clubs ; j'étais déjà une antiquité qui s'imaginait parler d'égal à égal avec *les jeunes d'aujourd'hui*. Il y avait pourtant à peine cinq ans d'écart entre les deux auto-stoppeuses et moi. Cinq ans qui valaient une génération à cause de nos modes de vie, de la présence d'un enfant. Dans le rétroviseur, je surpris Clara en train de réorganiser fugacement sa frange blonde, Roxane de se mordre la lèvre inférieure. Clémence me fixait d'un drôle d'air, comme si elle me découvrait sous un autre jour. Ça pouvait se comprendre, jusque-là je ne m'étais jamais vraiment épanché sur mes souffrances, en fait je n'avais pas pour habitude d'être en souffrance — encore mon orgueil qui me commandait. Mon orgueil, et la peur de perdre Clémence qui revenait, comme du temps de nos vingt ans. Qui voudrait rester indéfiniment avec un homme accablé par un ensemble de phénomènes dépassant largement son champ d'influence ?

« Moi, reprit Roxane puisque j'hésitais à poursuivre, je ne comprends pas ceux qui continuent de faire des enfants, d'acheter des bagnoles, de prendre l'avion, de boire de la merde dans des gobelets à usage unique... alors que, putain, désolée, mais ce sont des actes criminels. » J'examinai mon café glacé au caramel : une flaque brunâtre remuait au fond du gobelet. Elle avait raison, cette petite activiste bien butée, et elle me ramenait à mon sentiment d'impuissance, à l'inconsistance de ma vie. N'empêche, sans notre *bagnole*, elle serait toujours sur le bord de la route... Il fallait de toute urgence trouver quelque chose à dire, n'importe quoi pour ne pas rester sur cette défaite. « Bon et c'est quand qu'elle commence, cette partouze ? » lançai-je. La question était partie comme une balle qu'on tire par inadvertance, le doigt trop proche de la gâchette. Ma gorge se noua un peu, à cause du malaise. Je changeai aussitôt de registre humoristique. « Si vous avez faim, n'hésitez pas à demander à ma fille, dis-je en exécutant un signe de tête vers Clémence. Il y a un sac plein de victuailles à ses pieds. » Un flottement parcourut l'habitacle. « T'es con... » murmura Clémence. Clara finit par accepter l'offre, elle se prononça pour un Dinosaurus. Marius se mit à couiner à la vue du biscuit. « Du calme, mon loup, du calme... fis-je. Tu veux que papy t'en donne un aussi ? Attends, ta maman va te trouver ça. » Les deux auto-stoppeuses nous contemplaient maintenant avec une face ahurie. Clémence tira un deuxième Dinosaurus du paquet. Cette fois je la vis réprimer un fou rire. Elle était encore l'écolière que je cherchais à séduire. Une sensation un peu oubliée m'irradia.

Mon numéro imposa un long silence, finalement chassé par la radio dont Clémence augmenta sensiblement le volume. Une réclame vantait le nouveau SUV hybride d'Alfa Romeo (« la classe à l'italienne », dit la voix suave du publicitaire, et j'eus presque envie de le croire, j'eus presque envie de me jeter à corps perdu dans ce slogan, *la classe à l'italienne*, de cesser de serrer les dents, de m'abandonner d'une seule haleine à tous les plaisirs matériels de la terre, et de trouver dans cette abdication un soulagement incroyable), puis elle fit place au journal de 18 heures. Clémence changea aussitôt de fréquence. « Si c'est pour déprimer, non merci », marmonna-t-elle, comme un sous-titre à l'attention des deux auto-stoppeuses. Roxane eut tôt fait d'embrayer, car elle aussi avait arrêté de suivre l'actualité telle qu'imposée par les *médias traditionnels*. Elle n'avait plus besoin de se polluer la cervelle avec le bla-bla des infos pour réaliser que nos sociétés partaient en sucette. Son protocole se résumait maintenant à une seule règle, refuser les mauvaises nouvelles. Clémence répétait « moi aussi », « moi aussi ». Quelque chose à cet instant me rendit triste, l'impression que nous tentions de façon détournée, en nous servant de nos passagères, de nous envoyer mutuellement des signaux de détresse. Elle en vint à parler de tantrisme avec une pudeur induite par ma présence. « J'ai entamé un travail au-dedans de moi, quelque chose de spirituel pour éradiquer mes pensées parasites », commença-t-elle. Tiens, songeai-je, une technique pour éradiquer les pensées parasites, voilà qui me ferait du bien. Il était toutefois hors de question de lui soutirer des conseils. Si c'était pour qu'elle se mette à évoquer ces clients qu'elle se disait prête à caresser…

Nous venions de dépasser Cambrai. L'échangeur d'Anneux n'était plus qu'à quelques kilomètres. C'est là que nous avions convenu de déposer Roxane et Clara. Elles poursuivraient leur chemin sur l'A2 vers Paris, tandis que nous prendrions la direction du Sud-Est. La sensation de vertige revint aussitôt, mon pouls s'accéléra subitement, mes lèvres s'asséchèrent, c'était comme un désir interdit qui me submergeait par assaut. Était-ce l'effet de notre conversation, ou simplement le fait de m'être de nouveau intéressé à l'itinéraire ? Les occasions de fuir ne seraient guère nombreuses, je ne pouvais plus laisser passer ma chance. Les autorités régionales avaient peut-être aménagé un parking le long de l'échangeur, et même — qui sait ? — donné leur approbation à quelque exploitant de commerce pour y vendre des produits de première nécessité, comme des saucisses Bifi Roll. Il y aurait des infrastructures, de l'agitation, des vacanciers par grosses grappes stupides, de quoi facilement semer Clémence et Marius. Je songeai que je pourrais même tenter de suivre les deux autostoppeuses dans leurs pérégrinations. Nous irions ensemble jusqu'à Paris, l'aventure adoucirait ma peine. Je scrutais le GPS, mes mains étaient moites à présent ; à peine trois kilomètres nous séparaient du croisement avec l'A2. Sur la ligne d'horizon tournaient des éoliennes, se découpait le clocher d'une église médiévale au milieu des champs de tournesols, et plus les pales pirouettaient, plus les contorsions routières d'Anneux approchaient, plus je considérais cet échangeur comme une cible, un brusque détournement de mon destin, le point d'impact d'un attentat que j'allais commettre contre ma femme et mon fils.

9

Marius existait en dehors de Clémence depuis moins d'un mois lorsque nous séjournâmes à Paris. C'était un petit paquet de chair vulnérable, bruyant, fétide, incompréhensible, la plupart du temps inerte, et je l'aimais plus que tout. Je le tenais contre moi et je l'aimais si fort que j'imaginais le pire à chaque instant, mes bras soudain qui flanchent et l'oisillon qui s'écrase sur le sol, le sang, les urgences, la mort, la culpabilité à vie. Je venais de faire du jour au lendemain, et même d'une seconde à la suivante, l'apprentissage de ce à quoi la modernité ne m'avait pas préparé, le don de soi pour autrui. Et cette *disposition de l'âme*, éveillée par le tout-petit, était appelée à s'appliquer au très grand. Au moment où j'allais pour la première fois jouer à Paris, au moment où je me présentais aux portes de la gloire, un autre moi s'installait dans mon enveloppe de jeune père, qui avait peu en commun avec l'artiste que j'avais été.

Paris, enfin… Il était temps, j'approchais de la trentaine. Sur Wikipédia, où je possédais maintenant une page en mon nom de mille trois cents mots, je me renseignais épisodiquement sur le degré de célébrité des plus grands artistes à mon âge ; dans la plupart des cas, j'avais pris du retard.

Quelqu'un me suivait de près depuis un moment. Il ne manquait presque aucune de mes représentations. Il traînassait près du bar après le spectacle, il ne m'abordait pas. Il avait beau être célèbre dans le milieu, je ne l'aurais pas identifié dans la rue, encore moins dans la pénombre d'un comedy club. J'avais une connaissance faible des ténors du stand-up contemporain, Devos ou Desproges étaient des concepts lointains, je phosphorais à partir de ma seule matière et j'en tirais un supplément de fierté : c'est ce qui faisait de moi, comme l'avait écrit *Le Monde*, un *ovni*. Un soir après l'une de mes représentations, de mémoire à Valenciennes, le type en question s'était approché de moi, et je me souviens parfaitement des termes de sa proposition, formulée avec une intensité qui me parut sincère : « Je suis Vincent Dedienne, j'adore ton humour et je voudrais que tu fasses la première de mon prochain spectacle à Paris. »

J'en eus la vue brouillée, certaines parties internes de mon corps se mirent à trembler brièvement.

J'allais donc jouer pendant une quinzaine de minutes en ouverture du spectacle d'une star du one-man-show. Bon, je n'étais pas encore la tête d'affiche, mais ça ne saurait tarder. Nous convînmes, « Vince » et moi, que je proposerais au public une reprise de

« Vaginoplastie », le sketch avec lequel je tournais depuis des semaines et qui n'avait plus à faire ses preuves ; une valeur sûre.

C'était sans compter qu'entre-temps j'allais avoir un enfant et qu'on ne sait jamais ce qu'une telle apparition peut provoquer comme détournement de l'être.

Dès les premiers jours de mon congé de paternité, je me mis à arroser le mauvais germe que je m'étais inoculé à l'âge de dix ans. Je le cultivai avec zèle, je le saturai d'engrais. Il grandit comme un tubercule génétiquement modifié. Les réseaux sociaux m'avaient jusque-là apporté tant de joies et de satisfactions immédiates ; j'avais pu ressentir en continu la présence de mon public, jouir du plaisir de recevoir des notifications par paquets de cinquante — autant de décharges de dopamine brèves et répétées, addictives. Le courant finit tôt ou tard par vous électrocuter, ensuite vous n'êtes plus qu'une boîte lobotomisée et vide que le même courant remplira avec ce qu'il voudra. Marius dormait beaucoup au début, et quand j'en avais terminé avec la poubelle de langes à vider, les petits habits à faire sécher, les faire-part de naissance à envoyer, le bain à donner, le rendez-vous chez le pédiatre à programmer, j'activais mon téléphone. Je me promenais sur Facebook, Instagram… Je rejoignais des groupes de gens liés par le fait d'être nouvellement parent. Je découvrais les questions qu'ils se posaient, et les dizaines de réponses qui leur étaient à chaque fois proposées. Souvent des questions futiles, des témoignages qui traduisaient leurs angoisses ou leur désir d'être le père ou la mère parfaite — ou de prouver qu'ils étaient cette personne. Ça ne m'intéressait pas vraiment, mais je les lisais quand même ; j'éprouvais le besoin universel d'être aux côtés de ceux qui traversaient la même chose que moi. Dans l'agora une voix capta mon attention, celle d'une mère en proie à un doute existentiel. « Est-ce qu'il y en a qui comme moi sont tout à coup inquiets de la planète sur laquelle nos petits bouts vont grandir ? Je veux dire… inquiets au point de *regretter* d'avoir enfanté ? » En dessous, un déroulé abyssal de messages qui voulaient presque tous dire, en substance : *oui, moi aussi.* Des parents de vingt-cinq à trente-cinq ans qui exprimaient leur détresse devant le fruit de leur semence, comme s'ils avaient commis le pire des crimes. Cette mère venait de réveiller en moi le vieux souvenir du figuier, elle avait mis le feu à une mèche. Une femme inconnue que j'aurais aimé rencontrer, avec qui j'aurais aimé me promener sur le littoral, dans les dunes, dans les prés salés du Zwin, je ne sais pourquoi je nous imaginais tous les deux à travers ce paysage balnéaire et marécageux, dissertant avec mélancolie sur l'avenir du monde, et nous aurions mangé des *kaaskroketten* à la terrasse d'une brasserie, bu une trappiste, et nous aurions un peu joué au jeu interdit de la séduction, juste comme ça, pour le plaisir de caresser l'idée mort-née d'un chemin de fuite.

Dans les jours qui suivirent, je sombrai dans une boulimie brutale et éclectique. Je lus et je visionnai tout ce qui concernait la question, comme j'aurais fait du *binge-watching* sur Netflix. Des rapports du GIEC adaptés en bandes dessinées, des conférences TED de glaciologues, tous les relevés climatiques de l'Institut royal de météorologie depuis 1980, des entretiens avec des écologues et des biologistes, un essai de Bruno Latour, un roman graphique sur le massacre des animaux de Hugo Clément, des documentaires de vulgarisation scientifique, l'un ou l'autre classique de *nature writing* américain, *The Revenant* maté trois fois d'affilée — et Clémence qui récupérait aléatoirement des fragments du film chaque fois qu'elle devait donner le sein à Marius, la gueule bouffie de fatigue et blanchie par la lumière de mon écran d'ordinateur. Internet offrait en principe l'accès gratuit à une myriade de points de vue, j'étais tombé dans une trappe qui n'en donnait à voir qu'un seul — l'effondrement de tout, du vivant, de la civilisation, des illusions, de la confiance en l'avenir, de la beauté du monde. L'effondrement de moi-même. Ce n'est pas entièrement vrai, j'avais gardé une fenêtre ouverte sur autre chose, sur notre indécence. Je voyais côte à côte, sur les réseaux sociaux et les médias en ligne, la destruction et les destructeurs. Les victimes et leurs bourreaux. Je me coltinais en continu quantité d'imbéciles qui se mettaient en scène sur les cinq continents, aux îles Canaries pour s'offrir une session de *luminothérapie* parce qu'ils n'étaient pas capables d'apprécier le cycle des saisons ni de trouver cette lumière à l'intérieur d'eux-mêmes, en Afrique pour admirer des grands animaux dont ils participaient par leur *way of life* à l'extinction, à la montagne pour skier sur une neige livrée par camions remorques et qu'ils raréfiaient chaque hiver un peu plus à cause des colonies de SUV qui les hissaient jusqu'en station. Il y avait pire que ceux qui mettaient en scène leur vanité écocide dans l'indifférence du grand public, il y avait ceux qui en tiraient de l'argent, parfois de très gros sousous. Des bombasses avec des sacs Gucci, des esthètes du voyage *authentique* dans des écolodges ou des yourtes de luxe, des mecs bodybuildés qui vendaient quatre-vingt mille euros la publication d'une photo de leur tête de con devant une X5 au Salon de l'auto. Des filles devant un poulpe au pesto dans un nouveau resto du centre-ville. Des photos de viande. Des photos de vêtements. La grande vitrine du superflu. Le spectacle banal de notre modernité. Et les chefs d'État qui n'avaient de sentiments que pour les instincts de leurs électeurs. Qui même ici en Europe, au cœur de ce qui aurait dû être la révolution écologique, sur ce continent en voie de satellisation par les nouvelles puissances, observaient déjà un premier mouvement d'hésitation dans le glissement vers un capitalisme assagi — et plus les records de chaleur tombaient sous nos latitudes, plus les catastrophes climatiques s'abattaient sur les autres continents, plus ils hésitaient.

« Monde de merde ! » Cette phrase du « flim » de Michel Hazanavicius me revint souvent durant mon congé de paternité, comme une musique entêtante ; tirée d'une comédie aussi foutraque que mes sketchs et transformée dans ma conscience en une vérité lapidaire et tragique. À l'issue de chacune de mes sessions de dissonance cognitive sur les réseaux sociaux, je me disais juste ça, sans prononciation, *monde de merde*. Je caressais le front de Marius pour l'apaiser et j'y songeais encore, *monde de merde*. Marius promenait son regard de nouveau-né dans l'appartement sans y voir encore grand-chose, et j'imaginais qu'il pensait pareil. Monde de merde. Je n'étais pas quelqu'un de haineux, je n'éprouvais pas de rage envers les destructeurs, petits et grands — d'autant que j'avais moi-même fait partie de cette catégorie et ce n'était sans doute pas fini. Je ressentais juste du mépris sec, un peu de colère rentrée, un étourdissement aphone ; peut-être que l'apparition de Marius dans ma vie avait empêché l'émergence d'un sentiment extrême. Je craignais de m'exclure de la société avec toutes ces choses qui entraient dans mon crâne, alors même qu'Internet me donnait la preuve que j'étais loin d'être le seul et loin d'être le premier — le syndrome était apparu dès les années 1960. Le pire s'était produit après, de mon vivant. J'avais vingt-neuf ans et l'essentiel de la sixième extinction de masse avait eu lieu au cours de ces vingt-neuf ans. En l'espace de ma jeune existence nous avions nui à l'abondance et à la diversité de la vie terrestre et maritime davantage que durant les soixante-six millions d'années qui nous séparaient de la disparition des dinosaures.

Et moi, en dépit de ce calque monochrome posé sur mes yeux qui gâchait constamment ma chance d'appartenir au monde des vivants, je devais continuer à faire rire les gens, en plus d'avoir maintenant un enfant à élever dans la joie et la bonne humeur.

En entamant la préparation de mon numéro parisien, je perdis le goût à l'ouvrage. Comme si, dès lors que j'avais acquis un début d'aura, le feu sacré qui avait toujours brûlé en moi devait faiblir. Je n'avais déjà plus l'ardeur de mes vingt ans, et pourtant à l'époque je n'étais qu'un saltimbanque, j'enchaînais les boulots ingrats, les stages gratuits, les petits spectacles devant la famille à Noël ou à Pâques, des saynètes qui récoltaient toujours des applaudissements de circonstance, sauf ceux de ma mère, contrainte comme d'habitude de s'éclipser avant la fin à cause du travail qui la rattrapait. Ce doit être le propre de l'homme, et singulièrement de l'artiste, que d'avoir la passion qui décroît à mesure que vient le succès. Le commencement est un sanctuaire dont il s'éloigne, jusqu'à l'extinction définitive du plaisir.

Si le feu sacré faiblissait, je n'en bûcheronnais pas moins comme un zinzin car mon temps était compté, debout aux aurores, couché à minuit, le sommeil chahuté par Marius qui pleurait, qui se ventousait au sein de Clémence. Je travaillais désormais uniquement par nécessité. J'avais cette conscience un peu ancestrale qu'il était de mon devoir de nourrir ma portée. J'écrivais et je récitais mon sketch en faisant les cent pas dans le hall de notre hôtel, je tournoyais comme un aigle devenu fou, remontant dans la chambre une fois persuadé de tenir quelque chose de bon, une viandasse convenable à rapporter à la tanière. J'allais offrir à ma petite famille les conditions d'une existence éloignée à jamais du besoin. Aussi, ce spectacle marquerait un tournant dans ma carrière. Au diable l'humour foutraque, je voulais à présent m'affirmer comme un artiste *engagé*. J'avais hérité d'un don pour faire rire, mais je ne l'utiliserais plus pour mon seul bénéfice, j'en ferais dorénavant un outil politique au service du reste du monde, le bras armé de la *nostalgie spéciale* qui endeuillait comme une marée noire le cours de ma pensée.

Le pitch de mon sketch m'était apparu comme ça, sans source d'inspiration particulière, peu après la naissance de Marius. J'étais parti d'une phrase qui tournait pas mal dans ma tête à ce moment-là : *C'est moi ou ça sent le sapin ?* J'avais décidé que ce serait le titre de mon petit spectacle — il n'y aurait plus qu'à partir de là pour tresser un script. L'écologie en serait bien évidemment l'axe central. En me promenant avec Marius et Clémence dans notre quartier, en faisant le tour du pâté de maisons, j'eus l'idée plus nette de me déguiser en tulipier de Chine. J'allais raconter sur scène l'histoire d'un arbre sauvage importé à Paris pour reboiser la capitale, et qui suite à diverses mésaventures (tags, taille sauvage, smog, sécheresse) finit par crever sur pied. J'y voyais un beau pamphlet écologique et social maquillé en conte absurde. Dans un magasin spécialisé de la chaussée de Wavre, je me procurai sans difficulté un costume d'arbre qui s'apparentait peu ou prou à un tulipier de Chine. Il faisait deux mètres de large et quatre et demi de haut. La location me coûterait cent vingt euros par jour.

Je tins d'abord à présenter le concept à Clémence (c'était toujours devant elle que je testais pour la première fois un nouveau sketch, même si elle ne riait presque jamais). J'avais gardé secret le coup du déguisement pour préserver l'effet de surprise. C'était quelques jours à peine avant notre départ pour Paris, j'avais encore pas mal de texte à écrire, de gestes à affirmer, mais enfin l'idée était là. Elle m'attendait sur le canapé du salon, Marius endormi dans son couffin. Je m'introduisis dans la pièce en courbant le dos pour que l'arbre pût franchir la porte. « C'est quoi ce truc… » chuchota Clémence. « Chut, coupai-je, pas de commentaire avant la fin. » La cime du tulipier ployait sous le plafond ; je me mis à parler. « Eh bien, il y en a du monde, dans cette ville… Où vais-je bien pouvoir m'enraciner ? » J'avais horriblement chaud dans mon costume et je ne discernais pas bien l'expression de Clémence, les deux trous réservés aux yeux étant trop petits pour y voir vraiment bien ; j'entendais seulement la cuillère tourner dans sa tasse de thé. « Ah, j'ai trouvé ma place… Dieu ce qu'on respire mal par ici… Mais oh, c'est qui ce goujat qui gare sa voiture près de moi ? Vous touchez mon frêle tronc avec votre parechocs ! Arrière, bulldozer ! » Vers la fin de ma performance, dans un mouvement maladroit (je mimais la souffrance de l'arbre, un agent de quartier étant occupé à me tronçonner sauvagement le branchage), j'empalai la lampe qui trônait sur notre cheminée, l'ampoule explosa dans un fracas et Marius vagit aussitôt. L'incident mit un terme précoce à la répétition. Je m'extirpai laborieusement du costume ; j'étais trempé.

Lorsque je fis une démo de mon show à mon père, il se caressa longuement le crâne en formant avec sa bouche des ronds ridés, comme un anus qui se contracte et se relâche. « Je ne sais pas si c'est une bonne idée de vouloir faire passer des *messages*... » objecta-t-il. Toutefois, il rappela qu'il n'était pas mon conseiller artistique mais mon agent, que c'était moi l'humoriste, et d'ailleurs il ne formula aucune proposition pour améliorer mon texte. Face aux sceptiques, je possédais un avantage de taille : je n'avais pas connu le moindre échec.

De peur de l'inquiéter inutilement et de mettre en péril notre collaboration, j'évitai d'informer « Vince » du fait que j'avais changé de sketch. Il le découvrirait en direct ; j'avais l'intuition qu'il trouverait ça super. Dans le pire des cas, il se sentirait un peu vexé d'avoir été trompé — même si, du peu que je le connaissais à présent, ça n'avait pas l'air d'être son genre —, mais les vivats du public suffiraient à chasser son courroux, et il saurait s'incliner devant mon panache.

Je conserve un souvenir délicieux de notre séjour à Paris, du moins jusqu'à mon apparition sur scène. J'avais mis en veille les réseaux sociaux, je n'avais plus besoin de mon téléphone pour me tenir informé de ce qui se passait — ce qui se passait se trouvait maintenant dans mon sketch. J'avais métabolisé la matière noire gloutonnée en l'espace de quelques semaines pour en extraire un produit artisanal fini, qui contenait tout. Une petite œuvre d'art créée sur le vif, d'un seul souffle, sans longueur et sans pesanteur, mais qui ferait date ; le rêve de tout artiste. Lorsque je m'accordais un peu de répit dans mon travail préparatoire, nous explorions les beaux quartiers, Marius en écharpe contre moi. Nous ressentions l'espèce de liberté calme qui précède l'éclatement programmé des émotions. Paris, c'était une ville un peu moins irréelle que Rome, moins diachronique aussi ; et moins désinvolte que Bruxelles, moins prometteuse. À plusieurs reprises nous rôdâmes autour du Théâtre de l'Européen, l'enceinte circulaire du XIXe siècle où je frapperais un grand coup. « Tu es sûr, pour le tulipier de Chine ? » me demandait Clémence avec prudence tandis que nous contemplions la façade du théâtre. Elle avait l'art, au détour d'une question faussement innocente et malicieusement calibrée, de mettre en doute l'ensemble de mon travail. « Mais oui, Clem, je suis sûr. » Je m'enfouissais dans les cheveux provisoires de Marius. Ensuite, nous allions prendre une glace. Quand il serait adolescent, Marius me demanderait certainement de lui raconter mes débuts à Paris et je lui décrirais ces journées douces de la fin du printemps où nous déambulions avec l'indolence de ceux qui ont aisément attrapé le bonheur.

Si mon *âge d'or* devait connaître un pic, j'y étais. Le futur quoi qu'il advienne était porteur de menaces, l'écoulement du temps jouait nécessairement en ma défaveur. Au moment où je croyais notre couple cimenté à tout jamais, je courais moi-même le risque de l'effriter. Je ressentais pour la première fois la peur de devenir une star, une vraie. Sur la route vers Paris j'avais connu une petite séquence d'hyperventilation en écoutant *See You All*, de Koudlam. Je m'étais figuré un emballement terrifiant de ma popularité, les filles qui me harcèleraient, le succès qui me dévoierait, Clémence que je délaisserais, Marius qui ne reconnaîtrait même pas son père, et mon âme pervertie jusqu'à la dépression, comme tant d'autres vedettes. Y avait-il un seul couple, une seule famille qui avait résisté à ce sort ? Il m'apparaîtrait plus tard, mais c'était juste une supposition hasardeuse, qu'en écrivant mon show sur le tulipier de Chine je m'étais inconsciemment sabordé.

Mes parents nous rejoignirent la veille du spectacle. Pour la première fois, ma mère allait voir son fils sur scène ; il avait fallu attendre Paris. Son travail au ministère l'accaparait plus encore que d'ordinaire, elle ne quittait jamais tout à fait son téléphone, et je craignais à tout moment qu'elle nous annonce un départ inopiné, elle me dirait, Paul je suis désolée, je dois partir, une urgence, je penserai fort à toi, à chaque instant de ton spectacle. Son regard se perdait parfois dans de profondes cogitations, mais dès qu'elle me surprenait en train de l'étudier fixement, elle répondait à mon inquiétude par un sourire.

Nous dînâmes dans un bon restaurant, les baies vitrées ouvertes sur le trottoir. « Alors, Paul, explique-moi un peu ce qui va se passer, demain… » hasarda ma mère. Ma mère était une petite femme à la posture raide, les cheveux blonds soigneusement brossés en larges arrondis, les lèvres fardées d'une timide dose de rouge, deux billes dorées aux oreilles ; en toute situation, ma mère avait la classe.

À cause de sa présence, je sentis enfin monter la pression. Après tout, elle m'avait inculqué le goût du travail et de la réussite, l'obsession pour les *trajectoires ascensionnelles*, et elle constituait mon modèle dans le genre. C'était aussi par sa faute si j'allais, le lendemain soir, parler de la nature. Sans elle, je n'aurais rien cultivé dans notre jardinet et je n'aurais pas pleuré devant la carcasse d'un figuier. Je n'aurais pas grandi dans une Amazonie de poche mais dans un terrain vague où je n'aurais jamais mis les pieds. Avec mon show, j'allais indirectement lui dédier quelque chose. Je lui rendrais hommage.

Les spectateurs saluèrent l'entrée du tulipier de Chine par de gros rires bien longs ; je crois qu'ils ne s'attendaient pas à une apparition aussi *what the fuck*. Quand le calme revint, il ne me restait plus que dix ou douze minutes de prestation. En principe, le plus dur était fait. Je me mis à réciter mon texte en prenant une voix grave (la voix présumée d'un arbre), mais mon micro-cravate avait été mal fixé, il frottait sans cesse contre la peau du déguisement, produisant de petits bruits parasites. Dans un premier temps, le public eut la gentillesse d'observer studieusement mes gesticulations. Mais bientôt un murmure s'éleva dans la salle, puis un brouhaha qui compliqua davantage la compréhension de mon numéro. Mon corps se mit à sécréter des gouttes froides sous le costume étouffant. À la fin de la représentation, j'avais le sang glacé. Il suffisait de si peu pour passer de l'être regardé à l'être rejeté ; je n'étais déjà plus qu'un objet encombrant dont le public de l'Européen souhaitait le retrait au plus vite. Je me retournai dans l'espoir de trouver un quelconque secours en coulisses. La tête de Vincent Dedienne transperçait discrètement la commissure des rideaux, et elle n'était pas belle à voir. « C'était Paul Paliseul, merci de m'avoir écouté », murmurai-je timidement. Je venais de recourir dans ma détresse à une formule d'adieu très répandue dans le milieu du stand-up, que pour cette raison j'avais toujours pris soin d'éviter. Ma carrière, compris-je aussitôt, s'achevait ici, sur cette première représentation de « C'est moi ou ça sent le sapin ? », devant quatre cents Parisiens trop stupides pour apprécier mon humour avant-gardiste, et insensibles à la cause défendue. Il y eut toutefois quelques applaudissements mous. Je me précipitai dans les coulisses pour me dégager avec peine de mon déguisement de tulipier de Chine ; je tremblais comme une feuille. Le dos plié, je gagnai à pas rapides la deuxième rangée de sièges où m'attendait ma famille. Je fis tout mon possible pour n'avoir à affronter aucun regard, mais j'échouai sur celui de ma mère. Je ne l'avais jamais vue aussi désolée pour moi, un peu honteuse aussi, les yeux légèrement embués, la bouche formant une grimace navrée. Lorsque je fus installé à ses côtés, elle passa son bras autour de mon cou ; j'étais de nouveau son petit garçon. Ce fut le premier et le dernier de mes spectacles auquel elle assista.

10

Durant plusieurs semaines, ce fut comme si je n'avais plus existé, sauf pour Clémence qui me subissait à l'appartement, et bien sûr pour Marius que je couvais avec une tendresse insoupçonnée, sur qui je me recroquevillais ; le seul être qui n'avait pas de sentiments ambigus envers moi, dont je n'avais rien à craindre. Je disparus des réseaux sociaux. J'évitai les mondanités. Je déclinai les invitations à dîner chez des amis, à sortir en ville ; et encore plus fermement à assister à des spectacles humoristiques. J'avais d'un seul coup perdu la confiance immense que j'avais toujours placée en moi. J'étais devenu un artiste inachevé, sans but désormais sinon le biberonnage de son fils, qui renfermait une âme lourde. Comment avais-je fait tout ce temps pour me penser indifférent au délitement du monde ?

Au prix d'un immense effort, je réussis cependant à solliciter un rendez-vous auprès de Barbe brune et Barbe rousse.

Ils me reçurent chez un pittaïolo de la chaussée de Boondael. J'arrivai un peu en retard ; ils étaient occupés à déchiqueter leur dürüm emmailloté dans un film d'aluminium, sauce barbecue pour Barbe brune, andalouse pour Barbe rousse. Le premier cligna d'un œil à mon arrivée, les orbites en sueur et le pelage tacheté de grains de maïs et de coupures de salade ; le second, en lutte avec une rondelle d'oignon qui lui résistait, me salua d'un mouvement du coude, j'aurais juré voir un poulet qui battait de l'aile. « Bon alors, qu'est-ce que tu nous veux ? » demanda Barbe brune quand il eut achevé d'assimiler un morceau de kefta.

Je compris rapidement que je n'avais plus rien à tirer d'eux, c'était fini. À cause de ma pantalonnade parisienne, j'avais nui à la réputation du Comedy Ket. Une communauté hétérogène, soudain unie dans la détestation de ma personne, et composée de trolls, de *boomers*, d'agitateurs écopopulistes, de défenseurs de la minorité chinoise de France, de représentants syndicaux de la corporation des élagueurs, et même d'écologistes radicaux qui me reprochaient d'avoir réduit le concept de *réensauvagement* à la plantation d'une espèce d'arbre exotique dans un parterre minuscule entouré de pavés — cette communauté m'avait copieusement tourné en dérision sur les réseaux sociaux. J'avais été le porte-étendard de la structure des deux barbus, et maintenant j'en étais le boulet. Ils se rappelaient de moi comme on se souvient d'un souvenir embarrassant. Il avait donc suffi d'un seul revers pour que je sois traité à l'égal d'un chien. Barbe brune et Barbe rousse n'avaient toujours pas fini d'engloutir leur dürüm lorsque je quittai les lieux, non sans avoir fait l'emplette d'une barquette de falafels à emporter.

Mon métier d'humoriste reprit son cours. Le peu d'électricité qui m'animait encore était à mettre à l'actif du désir de vengeance, car j'avais à cœur de donner tort aux deux barbus. Et puis autre chose me remuait, je ne pouvais m'empêcher de continuer à vouloir faire passer mon *message* dans l'espoir qu'il finisse par toucher le grand public. Il me suffirait de décrocher des dates dans les cafés-théâtres de Bruxelles où j'avais connu mes premières gloires. Il n'y avait rien à préparer, rien à réécrire, juste à obtenir l'accord de quelques patrons de comedy clubs pour rejouer mon sketch sur le tulipier de Chine. Ce n'était peut-être pas un bijou de stand-up, mais certainement pas un navet pour autant ; s'il avait connu un bide à l'Européen, c'était en grande partie à cause du micro-cravate mal fixé. Dans des conditions techniques normales, je restais persuadé que je pourrais séduire les salles, que mon spectacle frapperait au cœur une personne de pouvoir parmi l'assistance et que cette personne parviendrait à transformer l'émotion ressentie en contemplant le tulipier de Chine se dandiner sur scène, en un discours politique, puis en une loi.

Clémence se montra mitigée. Elle n'avait pas *kiffé des masses* mon show à Paris, et selon elle ce n'était pas qu'une question de micro-cravate. Il valait peut-être mieux que je reparte d'une feuille blanche et que je m'exerce plus longuement, pourquoi pas me payer les services d'un coach ? Après tout, grâce à mes précédents spectacles — ceux de *l'époque nihiliste* —, j'avais mis un peu d'argent de côté, il n'y avait pas urgence à rouvrir la billetterie. Et puis bon, changer de style, ça ne s'improvise pas... Mon père était du même avis, mais il n'insista pas. Comme d'habitude quand il s'agissait de toucher aux fondements de mon art, il évitait d'intervenir. Tout de même, je le trouvais fort peu loquace. Je sentais chez lui un léger désinvestissement, il avait sans doute compris qu'il ne payerait jamais son agritourisme avec les recettes de mes spectacles.

Je jouai mon sketch sur le tulipier de Chine dans des comedy clubs de plus en plus minables, jusqu'à la déchéance. C'était une obstination aveugle. Ma garde rapprochée avait vu juste. J'avais perdu un petit quelque chose, mais qui changeait tout. Dans le timbre de ma voix, dans mon expression gestuelle, quelque chose de mon assurance avait disparu, et cette légère dissonance n'échappait à personne, le public est impitoyable quand il s'agit de traquer les faiblesses ; impitoyable et navré de l'être, car en détectant les fausses notes il s'inflige lui-même un malaise insupportable. Ma dernière représentation se déroula à l'étage d'un petit estaminet de quartier, devant quatre spectateurs : le tenancier, mon père,

Clémence et Marius dans son landau. Je m'interrompis après quelques minutes, ça ne servait plus à rien. Je me dégageai une ultime fois de ce costume qui m'avait à force coûté plus cher que mes performances ne m'avaient rapporté. J'avais appris à ne plus en vouloir au public qui semblait ne pas saisir l'importance de ma parabole. Il arrivait certes que des spectateurs viennent me voir après la représentation pour me dire qu'ils avaient été touchés, certains allant jusqu'à évoquer des *frissons*. Mais il n'y avait pas l'emballement escompté, voilà tout. Les gens étaient là pour se fendre la gueule, ils attendaient d'un humoriste qu'il leur rappelle combien l'existence terrestre est une franche mascarade. Je ne pouvais pas leur donner tort, ce fut longtemps mon propre leitmotiv.

Le couple que nous formions avec Clémence avait subi une sorte de choc sourd. Nous demeurions dans l'appartement du matin au soir comme deux bêtes en cage frappées d'une malédiction. Et cet appartement censé être une ode à la vie ressemblait maintenant à un mouroir des illusions. Je guettais l'étincelle qui allait réactiver mon sens de l'humour, j'apprenais à cohabiter avec ma *maladie*, j'entrais peu à peu en fusion avec Marius, tandis que Clémence se cherchait un instinct maternel qui ne venait pas tout à fait, les journées lui semblaient sacrifiées, elle se sentait l'otage de ce nourrisson hurlant qui lui court-circuitait la pensée et la condamnait à faire les cent pas, ou alors à rester vautrée dans un fauteuil ou un lit, les seins comme deux pis, les joues un peu enflées et les yeux rétrécis. Il y eut bien ici ou là des moments où nous entrâmes en communion avec quelque chose de sacré, je pense en particulier au matin où Clémence, couchée sur le flanc pour porter son mamelon à la bouche de Marius, m'attrapa le sexe par-dessus son épaule, à l'aveugle, et l'agita jusqu'à ce que mon lait à moi jaillisse — et je ressentis un élan amoureux envers elle comme je n'en avais jamais eu, elle était la pièce centrale de la famille, la Vénus qui produisait et exploitait comme un gisement de pétrole les substances de la vie, simultanément. Mais ce pouvoir était une prison, il l'empêchait. Les autres jeunes mères palpitaient d'une ferveur nouvelle même si l'un des deux cœurs qui battaient en elles avait fichu le camp, Clémence au contraire était comme castrée, il lui tardait de reprendre les commandes de son magasin et par là de restaurer son empire, d'éprouver à nouveau la sensation de *réussir sa vie*, avec un empressement d'autant plus marqué que je ne gagnais plus un rond. Bientôt je me présentai dans les comedy clubs où j'avais connu une gloire brève et localisée, non plus pour faire rire mais pour servir au bar. Devant mon air penaud, Clémence répétait qu'elle me soutiendrait jusqu'au bout. Au bout de quoi, je l'ignorais. Elle était désolée de voir sa vieille prophétie, selon laquelle une carrière dans l'humour m'aurait tôt ou tard dévoyé, finalement vérifiée. Son amour pour moi n'était plus attisé par ma force mais par ma faiblesse.

Son congé de maternité prit fin au bout de trois mois ; elle me laissa seul avec Marius. Quand elle rentrait à la nuit tombante, je l'avais langé, lavé, nourri, réconforté ; un lien originel extrêmement puissant se formait entre lui et moi, qui durerait toujours. Pourtant je ne pouvais m'empêcher de songer au témoignage de la mère qui regrettait d'avoir enfanté, de me dire que… Dans quel monde étais-je en train de le faire croître ? À quoi bon nettoyer des biberons et des fesses couvertes de merde si c'était pour l'envoyer au casse-pipe ? Pendant ce temps Clémence dirigeait ses équipes, elle faisait tourner la *machine économique* ; de retour à l'appartement elle avait des choses à raconter, des choses du dehors. Mais le dehors n'était pas aussi rose qu'elle se l'était représenté durant les trois mois où elle s'en était sentie exclue. Il y avait dans ses bras chaque soir et chaque matin une chose merveilleuse et minuscule qui peu à peu parvenait à la suivre du regard, à lui renvoyer des sourires, et dans les yeux de Marius peut-être voyait-elle un reflet insoutenable, peut-être l'interrogeait-il sur ce qu'elle faisait de sa vie, la direction qu'elle prenait et pour combien de temps encore, à consommer ses journées sous des néons et des faux plafonds, dans des chambres froides et des bureaux sans fenêtres, au son des codes-barres que ses employées scannaient comme des automates en rêvant des autres vies dont elles n'avaient pas eu la chance d'hériter. La voilà qui était mère, elle avait désormais en commun avec la sienne d'avoir un enfant. Et elle savait où ça pouvait mener, à quelle fin brutale. Et les regrets qui resteraient sur la tombe, qui encombrent les cimetières, comment par paresse on peut tuer les années en croyant bien faire. Comment on pouvait se résigner à n'être que le pion d'un système qui ne produit pas de bonheur.

Quant à mon père, il n'avait pas signé pour être l'agent d'un fils au foyer ; il démissionna de ses fonctions. La mort dans l'âme, il se remit sur le marché du travail, mais à son âge et vu le tour chaotique qu'avait pris sa carrière, il semblait promis au chômage jusqu'à la retraite. Lorsque je rendais visite à mes parents, j'évitais scrupuleusement de passer devant le garage où moisissaient des dizaines de caisses remplies de bandanas bleus et de mugs à mon effigie.

11

L'échangeur d'Anneux n'était qu'un entrelacs inhospitalier de bras d'autoroute. J'étais partagé entre le soulagement de voir mon projet différé et la sensation désagréable d'être incapable de passer à l'acte, au motif que l'aménagement du territoire n'était pas propice à l'évasion. L'inéluctable, de toute façon, m'enserrait de plus en plus. Plantées sur leur bras d'autoroute, les deux auto-stoppeuses formèrent de grands gestes d'adieu.

La route défila, des milliers de gens coulissaient à même allure vers le Sud dans l'espoir d'y trouver un vif bonheur à durée déterminée, et puis nous eûmes la dalle. Nous nous parquâmes sur l'aire de Mont-de-Nizy, à une centaine de kilomètres au nord de Reims, pour pique-niquer. Malgré l'heure, le soleil harcelait avec une infatigable violence les éléments qui meublent la surface terrestre ; l'hiver, une nuit d'encre aurait déjà englouti l'Europe. Cette pensée était évidemment malhonnête : ce n'était pas le soleil, mais l'humain qui harcelait les éléments. Le soleil délivrait une lumière immuable et s'en foutait pas mal de savoir si elle nous convenait ; il avait déjà fort à faire avec les vents de particules et les éruptions chromosphériques qui agitaient sa surface, et d'autres petits problèmes du quotidien. Clémence immobilisa notre véhicule à côté d'une vieille Nissan familiale immatriculée aux Pays-Bas. Ses occupants, assis en arc de cercle autour du coffre laissé ouvert, ingurgitaient diverses matières manifestement comestibles. Les enfants tenaient d'une main leur fourchette qui voyageait à l'aveugle de leur gamelle à leur bouche, de l'autre jouaient sur leur téléphone positionné à l'horizontale. Les parents les regardaient en mâchouillant leur pitance. J'entrepris d'entrer en communication avec cette charmante tribu dans un néerlandais peu académique ; je voulais savoir s'il existait une aire de pique-nique dans les environs proches. La mère recracha une espèce de ravioli en conserve. Elle me répondit, et je la bénis d'avoir articulé chaque mot pour bien se faire comprendre, qu'il s'en trouvait une à Mont-de-Nizy mais qu'elle affichait présentement complet. « *Godverdomme* », maugréai-je, non sans remercier mon informatrice.

Plus tard, lorsque j'aurais le loisir de me passer en boucle le film de notre road-trip, je repenserais à cette scène et je chercherais à comprendre pourquoi j'avais interagi spontanément avec cette famille hollandaise, et avec entrain. Était-ce pour m'occuper l'esprit, pour repousser la force centrifuge à laquelle j'avais prêté allégeance ? Pour n'éveiller aucun soupçon chez Clémence en me montrant désireux de contribuer à la réussite du voyage ? Ou alors, plus inconsciemment, pour laisser l'image d'un père et d'un mari qui *prenait les choses en main* ?

Nous étalâmes notre nappe au sommet d'un petit talus garni de pins d'Alep aux épines couleur glaise, équidistants les uns des autres. La vue portait sur des champs et des vallons boisés ; nous jouissions également d'un beau panorama donnant sur l'aire d'autoroute et sur la file de voitures aux portes de la station d'essence. Plus ou moins partout sur cette partie du continent, le territoire avait été découpé en portions homogènes et monofonctionnelles, même ce talus faisait état d'une domestication par l'homme. J'éteignis mon téléphone.

Marius portait un short à fleurs et des sandalettes en cuir ; il était à croquer. Vraiment, et j'essayais d'être le plus objectif possible en formulant cette pensée, vraiment le dernier être de la terre à qui vous auriez souhaité un malheur, et le plus espiègle, le plus coquin, le plus malicieux d'entre tous, s'il n'avait pas été le mien et que j'aie dû choisir un enfant parmi une sélection aléatoire d'un millier, c'est lui que j'aurais adopté. « Papa ! Papa ! » cria-t-il à de nombreuses reprises pendant que j'installais la table. Ça lui prenait souvent de m'interpeller comme s'il m'invoquait, comme une incantation, pour signifier son affection et sa reconnaissance, une manière rustre de dire « je t'aime ». Je savais qu'en même temps il cherchait mon regard, il tentait d'établir avec moi une connexion pour que la fête commence véritablement ; je voulais éviter le sien à tout prix. À mon tour j'eus envie de crier : « Marius ! Marius ! Marius ! Marius ! Clémence ! Clémence ! Clémence ! Clémence ! » Clémence avait le visage de plus en plus fermé, elle ne dégageait pas sa bonhomie habituelle, ce qui était d'autant plus curieux que les vacances débutaient à peine et qu'elle raffolait de ces moments vaguement bohèmes où nous nous contentions de peu, des pâtes à la grecque dans un tupperware, une bière qu'on décapsule avec le manche d'un couteau, un pique-nique en position instable sur la crête d'un talus, bercés par la mélodie de l'autoroute. Des plaisirs simples qu'elle aurait jugés un peu trop gitans autrefois, alors qu'avec son salaire nous aurions pu sans trop d'inquiétude nous offrir un resto dans un village-étape, à la rigueur un menu trois services dans un Lunch Garden. Elle se tenait une cheville, les jambes pliées et parallèles. Sa robe sans manches s'agitait sous l'effet d'un vent ralenti. Ses cheveux avaient retrouvé leur organisation parfaitement lisse. J'en étais sûr, elle pensait activement à certaines choses, mais elle n'osait pas m'en parler. Elle avait peur de ce que la conversation pouvait engendrer, peut-être une révélation douloureuse, les prémices d'une rupture indésirée ; elle voulait demeurer sous la lumière déclinante.

Marius acheminait avec le rendement d'une tractopelle d'énormes cuillérées de pâtes jusqu'à sa bouche. Je l'observais se goinfrer non sans fierté, car j'étais l'artisan principal de la préparation, et avec une émotion croissante que je tentai de contenir en prenant à mon compte les frais de la conversation. Ma salive blanchissait et s'épaississait à mesure que je m'épuisais dans un babillage que Clémence ne faisait même plus semblant d'écouter, alors qu'en société elle avait toujours eu le talent de *paraître*. « Ça manque d'un dessert, relevai-je avec préméditation. Restez là, je vais vous chercher des glaces. » Sans un regard, je descendis de notre belvédère en exécutant un petit bond agile, comme si je m'étais jeté du haut d'un piton. Je circulai brièvement entre les rayons du magasin en faisant mine d'ausculter certains articles avec la plus grande concentration. Mon cœur secouait tout mon édifice ; je me répétais cette phrase, *jusqu'ici rien de mal, jusqu'ici rien de mal.* Je franchis la caisse en levant haut les mains pour signifier que je n'achetais rien, comme un forcené qui capitulerait ; à cet instant au contraire je passais vraiment à l'acte. J'entrais dans le champ de l'immoralité. J'enclenchais la trahison.

Je débouchai sur le parking. Je me dressai légèrement ; le talus où Clémence et Marius m'attendaient était hors de ma vue. Je me ruai sur une voiture en train de reculer et pressai le conducteur de baisser sa fenêtre. C'était un vieillard craintif, sa bobonne sur le siège passager semblait le supplier d'ignorer ma présence. « Vous pourriez me déposer à... » hurlai-je pour me faire entendre à travers la vitre. Le vieillard aussitôt acheva sa marche arrière et lança son véhicule vers l'autoroute, l'embrayage proche de l'implosion.

J'aperçus, au milieu du parking, un jeune homme qui regagnait sa Tesla. Je devais pour parvenir jusqu'à lui davantage m'exposer, mais ça sentait le coup gagnant. Un type qui voyage seul et qui n'a certainement peur de rien… Je tapotai à sa fenêtre. « Vous pourriez me déposer à l'aire de Reims-Champagne, à une cinquantaine de bornes d'ici ? » Il m'autorisa d'un mouvement de tête à prendre place sur le siège passager. Je fis le tour de la Tesla et attendis qu'il désencombre nonchalamment le cuir avant de pénétrer dans l'habitacle. « Reims-Champagne, hein ? » se fit-il confirmer. Il quitta sa place de parking avec une aisance surjouée, prêtant à peine attention à l'écran qui lui signalait dans un concerto oppressant la distance nous séparant des carrosseries voisines. En consultant le tableau de bord, j'appris qu'il faisait dix-huit degrés Celsius à l'intérieur et trente-quatre à l'extérieur ; voilà pourquoi mon chauffeur portait sans souffrance un costume bleu maya cintré, une fine cravate nouée autour d'une chemise noire, une ceinture retenue par une boucle dorée en forme de huit. Nous nous en allâmes.

Dans un premier temps, le pire se produisit : je n'avais pas la force de m'intéresser à lui, et lui me considéra comme un bagage gisant sur le siège d'à côté. En l'absence de conversation, je ne pensais qu'à Clémence et Marius, et c'était épouvantable. Je les imaginais toujours perchés sur leur talus, Clémence sujette à une inquiétude grossissante : pourquoi diable ton père met-il des plombes à acheter ces fichues glaces ? Je m'essayai à la télépathie, je bandai mon cerveau tel un muscle pour leur communiquer un message : *Je vous aime, je vous aimerai toujours, c'est pourquoi je dois vous quitter.* Je n'étais pas encore tout à fait apte à théoriser mon geste, cependant je comprenais déjà que je posais un acte altruiste car comme c'était parti, je n'en tirerais que peu d'agréments, alors que Clémence éprouverait, passé la tristesse et la stupéfaction du départ, un soulagement évident, et que dans bien des années Marius serait en mesure d'évaluer les nombreux bienfaits de mon absence sur son enfance, sa personnalité.

Le silence, dans la Tesla, avait pris une épaisseur écrasante. On roulait de plus en plus vite. M'inspirant du mode opératoire de Clémence, je réussis à gémir une phrase qui eut valeur d'abdication : « Bon et vous faites quoi, dans la vie ? »

Je surpris chez mon chauffeur le démarrage d'un sourire. Il aurait à parler, pas à m'écouter ; c'est la configuration qui convient à la plupart des gens. Il avait vingt-cinq ans. Il était consultant pour une boîte spécialisée dans l'implémentation de progiciels de gestion intégrée. « Ça paie bien, consultant en informatique… » relevai-je distraitement. Je me méprenais : s'il était riche, c'est parce qu'il achetait et revendait des godasses sur Internet. Il intercala son véhicule entre deux camions, tortue flegmatique à l'ombre des pachydermes, et accéléra nettement son débit de paroles, basculant dans un jargon destiné à m'en mettre plein la vue. Il me parlait comme à un stagiaire, amorçant certaines de ses phrases par *il faut savoir que, tu dois comprendre que*. Pour faire court, ce petit con avait créé un *bot* qui lui permettait de générer en moins d'une seconde des milliers de requêtes d'achat au moment de la mise en vente d'un modèle de chaussures pressenti pour devenir un objet culte. Avec un peu de chance, il en acquérait réellement une centaine de paires, qu'il revendait plus tard au plus offrant. « Genre, c'est quoi la meilleure opération de ta carrière ? » lui demandai-je avec dégoût. « Oh… la Dunk Low Black, je crois. Une paire achetée cent cinquante balles pièce, revendue vingt mille. J'en avais trente comme ça. » Je mobilisai mes maigres ressources encore disponibles pour effectuer le calcul : il avait donc réalisé un gain net de près de six cent mille euros. Sans bouger le fion de son canapé, en spéculant à distance sur le cours d'une basket fabriquée par de braves Bengalis aliénés. Bigre, me dis-je en songeant à l'état de la civilisation.

Je pensais que mon chauffeur tiendrait le crachoir jusqu'à l'aire de Reims-Champagne, mais il me transmit la parole avec une amabilité inopinée. Il en avait sans doute assez dit sur lui, il était repu. Il commença par me demander si j'avais une femme, des enfants ; la question eut l'effet d'une décharge électrique. « Oui, j'en ai », articulai-je à voix basse. Il comprit sans peine qu'il valait mieux passer à autre chose. Il m'interrogea sur mon métier. Je voulais lui donner le change, à ce sale frimeur ; j'enjolivai quelque peu ma situation. Ou plutôt, je lui décrivis ce qui aurait dû être la suite logique de ma carrière si je n'avais pas changé de registre humoristique. Je remplissais maintenant des salles prestigieuses à Bruxelles et Paris ; mieux, je venais de décrocher mon premier rôle au cinéma, dans un film de Michel Hazanavicius — et pas un petit rôle de pédé. Je parlais, je parlais, mais mon débit était haché, les mots sortaient péniblement ; mon chauffeur tardait à réagir, j'avais besoin qu'il remette du rythme dans la conversation. Une question surgit enfin au bout d'un long silence. « Et ça va, tu gagnes bien ta vie en tant qu'intermittent du spectacle ? » Je lui dis que ça allait, je n'étais pas le plus à plaindre. Il écrivit « Paul Paliseul acteur show » sur son tableau de bord. Google lui fit apparaître quelques occurrences animées, notamment un tulipier de Chine qui se trémoussait sur scène. D'autres aperçus me montraient en train de gesticuler dans un café-théâtre de province. « Sympa… » dit mon chauffeur.

Il y eut un nouveau silence dangereux ; les visages de Clémence et Marius se décalquèrent aussitôt sur la route. Ils avaient maintenant remballé le pique-nique et s'étaient sans doute mis à ma recherche. Ils avaient ratissé le magasin, fouillé le parking en criant mon nom dans toutes les directions. Clémence avait fait croire à Marius que je m'étais caché et que, s'il me trouvait, il aurait droit à une deuxième glace. Je m'imaginais son air enjoué, je le voyais, comme s'il était devant moi, en train d'épier les environs, galvanisé par ce nouveau défi lancé par son père — ou alors c'était tout le contraire, un éclat mélancolique traversait son regard comme ça lui prenait parfois, comme ça prenait parfois les très jeunes enfants, une pensée d'adulte imprimée sur un visage de garçonnet. Clémence avait déjà essayé de m'appeler à plusieurs reprises. Encore dix minutes, et elle mettrait la police sur le coup. « L'avantage avec les Tesla, c'est que ça pollue beaucoup moins que les véhicules à combustion », commentai-je sans transition. J'étais content de mon intervention, rien de tel qu'un petit sujet de concorde pour faire passer le temps sans prise de tête. Toutefois, réagissant du tac au tac, mon chauffeur produisit un prout avec sa bouche. « Moi, la pollution atmosphérique, je m'en bats les couilles », exposa-t-il. Ça sautait aux yeux qu'il attendait de moi une réaction outrée, il espérait obtenir la confirmation que j'étais issu du camp ennemi, mais ça aurait demandé une telle énergie… Songeant à Roxane et Clara, et à mes propres convictions, je ne pouvais pourtant le laisser dire. J'évoquai d'une voix lasse l'histoire des deux auto-stoppeuses, leur courage, leur abnégation ; j'échouai à le convaincre, encore plus à l'émouvoir. « Oh tu sais, frérot, ici ça ne va pas trop mal. Le vin est un peu meilleur, le printemps commence en février… De temps en temps une inondation ou un feu de forêt, mais ça se répare vite. La Terre ne va pas s'arrêter de tourner pour quatre ou cinq degrés de plus, hein. D'ailleurs je le vois bien, il y a de moins en moins de manifs pour le climat, la mobilisation se fatigue déjà, et les partis écolos se viandent les uns après les autres, ils ne croient même plus à leur propre délire. » Je m'offusquai mollement ; avec quatre ou cinq degrés de plus, la planète serait à feu et à sang. « Admettons... concéda mon chauffeur. Quelque part, il y aura du bon là-dedans. Les Amish ils n'arrêtent pas de nous dire qu'on doit dénataliser, eh bien voilà, ça c'est de la dénatalisation. D'un coup, on sera des millions en moins. Et si ça déconne vraiment trop, on pourra toujours capter le surplus de CO_2 en suspension dans l'atmosphère, ou y bazarder du soufre pour réfléchir les rayons du soleil. » Il citait sans rien y connaître des procédés de démiurge remplis d'incertitudes et de dangers ; je m'étais informé là-dessus, c'était du pipeau. « La plupart des ingénieurs disent que c'est beaucoup trop risqué, objectai-je. Que c'est la manifestation naturelle du désarroi de l'homme devant le gigantisme du problème... » Je n'étais pas peu fier de cette dernière phrase, surtout compte tenu de mon état de nervosité émotionnelle. Mon chauffeur produisit un nouveau prout avec sa bouche, plus long et plus bruyant que le premier. « Ça finira par marcher, mon pote. Regarde tout ce qu'on a inventé en à peine vingt ans... Je te l'apprends peut-être, ça s'appelle le génie humain. »

Nous nous méprisâmes sans un mot de plus jusqu'à l'aire de Reims-Champagne.

L'aire de Reims-Champagne abritait une station de rechargement Tesla, à hauteur de laquelle mon chauffeur se débarrassa de moi ; je compris pourquoi il m'avait si volontiers accueilli dans sa voiture. « Au revoir, Mister Bean », me lança-t-il. Si j'avais eu l'âme militante, j'aurais attendu que ce crétin se taille aux chiottes pour crever ses pneus et défoncer sa carrosserie. Je me contentai, dès que j'eus le dos tourné, d'esquisser plusieurs grimaces qui le visaient délibérément.

Je ne me souviens plus très bien des minutes qui suivirent, les émotions contrarièrent le bon fonctionnement de mon cerveau. J'étais dans un état de déshydratation critique, mais ma gorge était nouée comme une écluse, elle autorisait à peine le passage de ma salive. Je crois que je chancelai sur la rive ouest de l'aire, du côté de l'autoroute qui menait à Troyes. Le bitume avait fondu, c'était une pâtée brûlante qui me causa une sorte de migraine ophtalmique. Passé le Burger King où quantité de spécimens humains attendaient de recevoir leur ration de graisses animales, je franchis le pont qui enjambait l'A4, et il n'est pas impossible qu'une idée funeste me traversât fugitivement l'esprit. Sur la rive est c'était plus calme, peu de vacanciers migraient vers le Nord, vers la fraîcheur, pour occuper les anciens territoires des peuplades celtiques par exemple, ou alors des Goths de Scandinavie, ou même du grand maître du *Deutscher Orden*. Je m'attablai à l'Autogrill, où l'air conditionné me rendit un peu de ma lucidité. Je commandai un demi-litre d'eau plate ainsi qu'un décaféiné.

J'avais serré les dents tellement fort depuis ma fuite que j'éprouvai les pires difficultés à débloquer ma mâchoire. Le flot d'eau finit par franchir ma glotte et irrigua mon corps comme un liquide de refroidissement. J'observai la surface de mon décaféiné, les visages de Clémence et Marius s'y affichèrent en surimpression. J'hésitais à rallumer mon téléphone et à inventer une excuse pour qu'ils viennent me sauver de l'abîme. J'aurais raconté un truc improbable, qu'à Mont-de-Nizy un lascar cagoulé m'avait embarqué de force dans une voiture aux vitres teintées, dépouillé de tous mes effets personnels sous la menace d'un couteau à pain, et enfin jeté comme une boîte de thon vide sur le bas-côté du parking de Reims-Champagne. En fignolant un peu le script, ça pouvait passer.

Je contemplais le rond noir de mon café et le rectangle noir de mon téléphone sans savoir quoi faire. Ce n'était pourtant pas très compliqué de remettre immédiatement des couleurs dans ma vie, je n'avais qu'à vider ma tasse et à appuyer sur un bouton. J'ignore combien de temps mon regard demeura collé à ces deux taches noires, mes mains à plat sur la table, mon dos voûté. Les clients alentour devaient me prendre pour un évadé d'asile, ce qui n'était pas complètement erroné.

Une idée me vint enfin, que je mis d'emblée à exécution. Je sortis de l'Autogrill. Sur le parking, aveuglé par la lumière, immédiatement bouilli par la chaleur comme une casserole remise sur le feu, je m'approchai d'un véhicule au hasard, une Bentley couleur corail. J'accentuai les sentiments qui me bouleversaient déjà, ceux d'un type en détresse qui s'apprête à entrer en négociation avec son destin. Ma peau exsudait derechef des gouttelettes, c'était ma chance. La voiture roulait au pas ; je me mis en travers de son chemin. « Halte, là ! » m'exclamai-je (je me croyais dans un album de Tintin). Au volant, une femme au mitan de la vie, de longs cheveux noirs comme Clémence. « Que se passe-t-il ? » demanda-t-elle avec un accent originaire du pourtour méditerranéen. L'homme sur le siège passager fit glisser ses lunettes de soleil le long de son nez, des yeux perçants m'examinèrent et délimitèrent aussitôt un territoire. « Ma femme est en train d'accoucher à cinquante bornes d'ici, j'ai besoin d'un chauffeur de toute urgence, par pitié ! » suppliai-je, les mains jointes. C'était évidemment grotesque, comment pouvait-on encore rejouer un scénario aussi vieux que la Bible, éculé par un siècle de films hollywoodiens ? Mais qui se serait risqué à douter de ma parole, alors que la vie était peut-être en jeu ? « Oh, *Dio mio* ! » s'exclama aussitôt la conductrice, comme pour frapper mon appel du sceau de la vraisemblance. L'homme glissa une main catastrophée sur son front, se repeigna la mèche et le contour des oreilles avec ses doigts. La Bentley stationnait au milieu de la voirie, à sa suite une colonne de voitures en surchauffe ne tarda guère à se former et quelques rageux nous klaxonnèrent à la gueule. À l'intérieur, le cuir était frais et nu, ça sentait le parfum ; l'habitacle n'avait sans doute jamais accueilli d'auto-stoppeur, encore moins mythomane. « *Dai, guido io* », dit l'homme. Il prit le volant, la femme le remplaça sans ciller sur le siège passager. Ses cheveux se dispersèrent de part et d'autre du dossier et effleurèrent mes genoux. Ils bouclaient, ils n'étaient pas soyeux et hypnotiques comme ceux de Clémence. « Aire de Mont-de-Nizy », ordonnai-je comme si j'étais le client d'un taxi. L'homme propulsa sa Bentley sur l'autoroute telle une bille de flipper, slaloma entre les véhicules ; l'aiguille du compteur de vitesse chatouilla avec pudeur des chiffres démoniaques. Ce gros flambeur ne me ressemblait en rien, et le voilà qui prenait tous les risques pour me donner une chance d'assister à la naissance de mon enfant, et idéalement d'y participer, que je puisse contribuer d'une façon ou d'une autre à la déjection de la vie sur un bout de parking, dans des toilettes publiques, à l'arrière d'une boutique ou d'un restaurant en self-service, en tout état de cause dans un endroit improbable puisque j'avais commandé à mes convoyeurs de m'emmener sur une aire d'autoroute, et ils ne me posaient aucune question pour dissiper le caractère incongru de la situation, ils étaient tout entiers absorbés par la mission vitale qui leur avait été assignée par un inconnu et qui nécessitait simplement de rouler le plus vite possible d'un point A à un point B. Pendant un moment, peut-être pour nous distraire un peu, la femme se tourna vers moi et me raconta brièvement leur histoire ; c'était un couple de Lombards qui vivait à Bruxelles et revenait d'une visite dans la famille de l'homme. « On cherche depuis de longues années à avoir un enfant, mais ça ne vient pas... » ajouta-t-elle bizarrement, sans faire de lien avec les informations qui avaient précédé. J'étais navré pour eux ; non seulement je leur mentais, mais en plus à travers mon mensonge je les renvoyais à leur blessure intime et aux défaites aléatoires de la nature.

Voulais-je reproduire, avec cette histoire d'accouchement, une fraction de la joie inouïe ressentie au moment où Marius avait jailli d'entre les cuisses de Clémence comme un bouchon grenouilleux, une joie qui m'avait connecté dans un éclair à quelque chose qui dépassait l'humain ou au contraire qui était en dessous de lui tant le foudroiement m'avait paru primitif ? Ou alors étais-je déjà dans une posture de repenti, me rappelant ce que notre amour avait engendré de plus irréversible et mystérieux, une boule de tissus cellulaires, synthèse de nos deux êtres ?

C'était idiot, car il n'y aurait pas de deuxième enfant. Je m'étais accommodé depuis quelque temps à l'idée d'avoir, moi le fils unique, un fils unique. Je ne serais pas comme ceux qui se vengent de leur enfance solitaire en faisant des portées. Ma vanité génétique était maintenant satisfaite, être chef de tribu ne m'intéressait pas. Le Sapiens avait déjà bien proliféré, je me voyais mal augmenter encore la masse de bipèdes, d'autant que l'homme finit toujours par décevoir l'homme, ce n'est pas une expérience que l'on souhaite à son prochain. Marius allait devoir évoluer dans un biotope de plus en plus scabreux ; je préférais laisser ses cadets à l'état de spermatozoïdes, et Clémence les laisser à l'état d'ovules, puisqu'elle estimait comme moi avoir fait un usage suffisant de son appareil reproducteur. Elle aimait Marius comme une mère aime son fils, mais cet amour allait contre sa nature. Il faisait barrage à d'autres volontés. La maternité était un trop grand renoncement. Elle non plus n'engendrerait pas une famille nombreuse au motif qu'elle avait un compte à régler avec le destin. Nous avions sur ce point trouvé entente, pour des raisons différentes que nous évitions d'explorer ensemble.

À Mont-de-Nizy, notre chauffard se livra à un atterrissage viril qui médusa les piétons alentour ; je crois qu'en fin de compte il s'en fichait pas mal de l'accouchement, il était surtout heureux d'avoir obtenu un noble prétexte pour enflammer sa Bentley. « *In bocca al lupo* ! » me dit sa femme, les doigts croisés, le regard mouillé et rond plongé dans le mien. Je courus comme un dératé vers les commerces, faisant mine de savoir où j'allais, souhaitant que la Bentley disparaisse sans délai, invoquant des petites divinités provisoires pour que me reviennent intacts ma femme et mon fils. J'avais l'impression d'interrompre un crime en priant pour qu'il ne soit pas trop tard. Je traversai de nouveau les rayonnages du magasin principal, dans un état encore plus pitoyable que la première fois. Je fouillai du regard les mange-debout qui champignonnaient près des machines à café, les couloirs menant aux toilettes, l'aire de jeux pour enfants. Il n'y avait que des inconnus qui semblaient encore plus étrangers à mes yeux fous maintenant que je cherchais les deux composants principaux de mon existence. De retour dehors, je m'assurai que la Bentley avait passé son chemin et me dirigeai vers le talus où j'avais abandonné Clémence et Marius.

Je ne sais pas si j'espérais sérieusement les voir *là*, dans l'hypothèse que leur espace-temps s'était immobilisé pendant mon aller-retour à l'Autogrill de Reims-Champagne, mais voilà, je les vis.

12

Ils étaient restés sur la nappe, Marius debout entre les jambes de Clémence, une main sur le genou plié de sa mère, l'autre qui tenait un bâton de glace. Clémence devait déguster un Solero aux fruits de la passion car elle ne jurait que par ça, c'est d'ailleurs elle qui m'en avait donné le goût alors que, jusqu'à l'âge de vingt ans, j'avais toujours préféré les Rocket bicolores. Sur la nappe, les objets n'avaient pas bougé, le tupperware de pâtes à la grecque laissé ouvert, les assiettes sales, les bières à la renverse. Clémence avait un don pour camoufler ses émotions négatives, mais lorsque l'une d'entre elles la débordait sa façade dans sa totalité se cassait la gueule, ses pommettes devenaient deux coussinets troués et rougis, ses grands yeux verts des petits pois délavés, ses cheveux chiffonnés comme de la laine de mouton noir, et dans ces rares moments d'hébétude je ne pouvais m'empêcher de penser que j'avais en face de moi l'expression de sa mère en train de caresser l'idée de se perforer la cervelle. Les remords me terrassèrent ; elle qui m'aimait sans discontinuité depuis la fin de notre adolescence, qui m'avait accompagné avec une égale loyauté dans mon succès et mon déclin, et qui avait sans doute réussi à étouffer d'autres tentations pour ne pas froisser notre amour, par déférence envers ce sentiment sacré, je crois aussi par fidélité à ce que je représenterais à jamais au plus profond de son histoire intime (une apparition providentielle, un geste commercial du destin pour se faire pardonner de lui avoir arraché coup sur coup son père et sa mère), et peut-être parce que devait résister en elle, en dépit de son caractère, l'idée qu'elle était une jeune mère qui n'avait pas le droit de donner suite à ses désirs — elle s'était vue au bout du compte abandonnée comme un chiffon au bord d'une station d'essence, plantée sous des pins d'Alep équidistants les uns des autres.

Il y avait pourtant, invisible à l'œil nu, un autre sentiment qui l'habitait, probablement même la dominait ; je l'apprendrais beaucoup plus tard.

« Oh, papa est là ! » s'écria Marius. Il lâcha le genou de sa mère, dévala le talus et, emporté par sa propre excitation, ayant sans doute sous-estimé la déclivité de la pente, il perdit l'équilibre et s'étala de tout son long. Du jus de Calippo au cola macula sa chemisette à manches courtes. « Mon petit loup… » dis-je. Je le pris dans mes bras ; il pleurait un peu mais, tout à la joie de m'avoir retrouvé, pensant avoir gagné le jeu et donc obtenu le droit à une deuxième glace, il se reprit et me tapota les joues, me caressa les cheveux avec malice, comme on se réapproprie un bien précieux qu'on avait perdu, en vérifiant que rien n'est cassé. S'il avait su la quantité de larmes qui coulaient au même moment à l'intérieur de moi…

Clémence avait bondi dans ma direction avec un temps de retard. Une lumière chassa les sales rougeurs sur son visage. « Paul, putain, mais tu étais où ? » Il y avait un peu de reproche dans cette récrimination, et beaucoup d'allégresse, l'accueil d'une bénédiction. En prenant un ton légèrement pénitent — juste ce qu'il fallait, sans excès —, je lui expliquai que, n'ayant guère trouvé le rayon glaces au magasin de Mont-de-Nizy, j'avais pris la voiture et roulé jusqu'à l'aire suivante, sauf que c'était loin, que ça avait bouchonné, et que mon téléphone était à plat. J'avais menti en un jour plus qu'en une vie. À mon plus grand étonnement, Clémence pendant mon baratin hocha la tête à plusieurs reprises, ses grands yeux m'encourageant à poursuivre ; lorsque j'eus terminé ma défense, au lieu d'émettre des objections, elle se contenta de dire : « Je m'en suis doutée. » Le soulagement suscité par ma réapparition inhibait certainement son esprit critique. Elle ne tenait pas vraiment à ce qu'on s'attarde sur cette histoire. Déjà, elle pensait à la suite.

« Il est tard avec tout ça, ce serait plus prudent de passer la nuit dans un hôtel en bord de route… » suggéra-t-elle. Je n'avais pas prévu que notre voyage reprenne si vite et si facilement son cours plus ou moins normal. Je ne savais pas encore, ou je ne savais plus, ce que je voulais vraiment, partir ou rester. « Il n'y a plus tellement de route à faire, si ? Moi je suis prêt à rouler de nuit, et demain matin, bam, on se réveillera au milieu des montagnes… » Je m'imaginais au volant sous la pleine lune, Clémence et Marius endormis. Seul à ne pas succomber au sommeil, père et mari inoxydables, au mental d'acier, veillant sur sa famille et la transportant sous son protectorat vers un Sud enchanteur. Pour tenir le coup, j'aurais concentré mes pensées sur le clair de lune, je l'aurais considéré pour ce qu'il était simplement, un ricochet de la lumière solaire, une modeste sélection de rayons envoyés contre un mur lépreux, je me serais appuyé sur ce rudiment d'astronomie pour m'imaginer que c'était le soleil et non notre valeureux satellite qui éclairait ma route, c'était la lueur de l'aube qui me montrait la voie, un autre jour bourgeonnait déjà. J'aurais eu tout le loisir de me ressasser les dernières heures vécues, de ma fuite à ma réapparition à Mont-de-Nizy. L'incongruité du scénario… Mais Clémence refusa ma proposition avec une obstination presque irrationnelle, comme si l'enjeu dépassait les considérations pratiques du voyage. Eu égard à la douleur que je lui avais déjà occasionnée par mon mauvais comportement, je fis profil bas et me rangeai à son avis.

Nous atteignîmes un relais de banlieue à la tombée de la nuit. L'édifice, coiffé d'un toit en tôle à deux versants, s'étageait sur trois niveaux à balcons. Il me fit lointainement penser aux motels isolés qui peuplent les films indépendants américains, bien qu'aucun titre en particulier ne me vînt à l'esprit. En son centre, une structure biscornue, couverte d'une peinture orange décatie, hébergeait des escaliers en colimaçon ; l'architecte avait visiblement connu un bref instant de déconcentration pendant l'esquisse de ses plans. L'herbe sur le pourtour du parking était sèche comme la paille. Quelques massifs floraux décharnés agonisaient au pied du motel. Avec une délicatesse extrême, je pris Marius dans mes bras ; la masse s'écrasa contre mon épaule. Clémence se chargea de haler notre valise de vêtements. Nous héritâmes d'une chambre au troisième étage jouissant d'une vue avantageuse sur les champs de céréales, les lotissements en crépi saumon, le terrain vague picoré de tables de pique-nique et d'appareils de musculation démantibulés. Un panneau géant au centre de la pelouse précisait : « ESPACE DÉTENTE — RELAX ZONE ». Cependant, la direction déclinait toute responsabilité en cas d'accident.

Clémence prit une douche. Je devinais l'eau qui mouillait son corps, éclaboussait la lunette des toilettes. J'entendais la respiration de Marius dans son lit parapluie, coincé entre la penderie et la salle de bains. J'avais retiré mes sandales puantes et je m'étais allongé. Un moustique me tournoyait autour, il avait bien compris qu'en élisant domicile dans la cambuse d'un motel il aurait chaque jour du sang frais à siroter, du sang de touriste ingénu. Je le suivis du regard dans son grotesque jeu d'approche et tâchai de le considérer comme un ami à qui je serais heureux de filer un peu de sang bien sucré pour l'aider dans la vie. Clémence n'aurait pas pensé autrement, elle qui depuis peu recourait à une philosophie de ce genre, inspirée par la tradition hindoue ou bouddhiste, ou même jaïniste, bref quelque chose venu du sous-continent. Peut-être parce que mon évasion avait échoué, ou que les vacances commençaient enfin à exercer leur charme, je me sentais mieux. Le moi d'origine, le moi habituel reprenait le dessus, celui qui m'avait toujours indiqué la marche à suivre pour contribuer au bonheur de mon entourage. J'accueillis toutefois cette rémission avec vigilance car je savais que mon noyau était endommagé. Je profitai d'être enfin au calme pour méditer sur l'épisode du talus. Je n'étais pas le plus fin des psychologues, mais il me semblait que l'attitude de Clémence souffrait de bizarreries. Comment avait-elle pu *s'en douter*, alors que je l'avais récupérée en pleine détresse et qu'elle n'avait manifestement eu aucun mal à les trouver, elle, ces maudites glaces ? Pourquoi était-elle restée vissée sur le talus sans même vérifier que j'avais bien pris la Peugeot, puisque c'était son hypothèse ? Pourquoi n'avait-elle pas essayé de m'appeler, ainsi que j'avais pu le constater en rallumant mon téléphone ? Évidemment, si je n'avais rien eu à me reprocher, il m'aurait suffi de lui poser ces quelques questions, mais ce n'était pas dans mon intérêt. Sa crédulité jouait en ma faveur.

Elle réapparut dans un nuage d'eau. Le néon éclairait son corps cuivré par le soleil, ses cheveux luisaient comme des spaghettis à l'encre de seiche (miam). Ses yeux verts, immobiles, m'observaient avec une gourmandise presque suspecte. Ses seins moyens pointaient vers moi. Elle me grimpa dessus en poussant de petits cris excités ; sa peau fraîche me raidit. Je sentis le désir monter. Elle glissa le long de mon torse dans une lente désescalade, comme cramponnée à une échelle branlante, avant d'atteindre le petit tronc qui palpitait.

Par cette méthode qui n'avait plus à prouver son efficacité, même pour des appareils devenus récalcitrants, elle m'avait chauffé le sang. J'étais apte à me laisser emprisonner par les *bienfaits du mal*, une fois de plus ; Clémence n'en démordait décidément pas. Elle fit apparaître comme par enchantement de l'huile à température ambiante, qui vint fluidifier le transport de ses mains. Il manquait sans doute les bougies, la playlist YouTube bidon, l'encens, le confort attendu d'un vrai salon de massage, mais les mains grasses de Clémence suffirent à m'envoûter sur ce lit à ressorts d'où dépassaient mes pieds, dans ce clapier couleur taupe que des générations de vacanciers avant nous avaient occupé avec leurs gros corps dégueulasses. Elle se frotta lascivement contre moi, contourna plusieurs fois mon sexe avant de l'empoigner. Elle m'entraîna avec elle dans ses mouvements, vu d'en haut ça devait ressembler à une chorégraphie un peu visqueuse, un pas de rock au ralenti — une danse que l'on m'avait apprise dans mon jeune âge, une danse dictée par les garçons. Et la chorégraphie monta en puissance, jusqu'à... Des pulsions se réveillèrent, comme délogées de leur vieille cache ; l'apprentissage de Clémence chez un *maître* n'avait donc pas été vain. Le cocktail d'émotions qui nous bouleversait trouva son apogée dans la libération organisée de ces pulsions, organisée et synchronique, et exutoire. Une déflagration partie du bas de ma colonne vertébrale se propagea à grande vitesse partout ailleurs, me souleva à un point tel que je me crus pris d'une faible crise épileptique, et chaque convulsion entraîna un orgasme localisé dans une partie différente de mon corps, peut-être dix ou quinze impacts en autant de secondes. « *Kundalini...* » murmura Clémence à mon oreille d'une voix suave. En n'importe quel autre instant j'aurais trouvé cette espèce d'incantation chamanique ridicule et indécente, mais la praticienne avait ensorcelé mon esprit. J'étais étourdi par ce chuchotement hindou venu du fond des âges, il avait fait vibrer une corde intime dans mon corps qui était devenu un caisson, et les sons qui en sortaient composaient une mélodie audible de moi seul, qui me donna la chair de poule. Je serrai très fort Clémence dans mes bras et je me mis à trembler. Et je me mis à pleurer, extérieurement cette fois. Mes doigts étaient enfoncés dans sa peau, j'avais envie — une envie qui devait soudain et absolument être assouvie —, j'avais envie de me transformer en liquide et que par perfusion, pas seulement mes doigts mais l'entièreté de moi s'introduise et se diffuse dans la peau de Clémence, pour lui appartenir au sens *épidermique*. J'eus la pleine conscience, au cours de cet instant fugace, de la solidité apparente du couple que nous formions depuis nos dix-sept ans, et simultanément de son immense fragilité. Elle pleura aussi, mais sans faire de bruit ; elle venait peut-être de faire la même expérience charnelle de notre finitude.

Mon cœur battait fort encore, comme après un exercice physique violent qui se serait achevé par une immersion dans un grand bain à bulles, au milieu de vapeurs thérapeutiques. Je barbotais dans un état de plénitude presque choquant, compte tenu des événements qui avaient précédé. Une plénitude qui sentait l'arnaque, je n'aurais pu le dire autrement ; dérangée par une mauvaise intuition. Je me jetai en arrière dans un profond soupir d'aise. Nous nous endormîmes emboîtés, dans une fusion moite empreinte de mystères.

Vers la fin de la nuit, un orage me tira du sommeil. Je me levai ; une ombre humaine flottait près de la porte. Au même instant Marius se dressa sur son matelas, s'agrippa au rebord du lit parapluie et hurla, les cordes vocales tendues comme des haubans. Il serrait de toutes ses forces sa petite vache mauve, la peluche totémique qui le réconfortait dans les moments difficiles. « Clem, qu'est-ce que tu fous ? » Elle alluma la lumière, qui nous aveugla tous les trois. Elle se tenait debout, à moitié habillée. « J'ai envie de voir l'orage dehors, ça a l'air spectaculaire. » J'étais agressé par les pleurs de Marius et la brutalité du réveil, alors avec humeur je lui dis : « Vas-y, dégage si tu veux, mais éteins cette putain de lumière ! » Elle s'exécuta. Je pris Marius contre moi et le rassurai par des mots doux. À son âge, encore perméable à toutes les mythologies, il n'était pas en mesure de comprendre qu'un orage ne représente guère de danger pour l'homme civilisé, alors que moi j'avais acquis un tel bagage scientifique que je pouvais me permettre d'ignorer superbement le phénomène ; plus on en sait sur les choses moins on les regarde. À vrai dire je pensais souvent à la quantité de choses que Marius devrait encore apprendre avant d'atteindre la sagesse. Ça suscitait en moi un mélange de découragement et de nostalgie, une sorte de virginité par procuration ; c'était si énorme, si fabuleux de découvrir la société des hommes, et en même temps si fastidieux, si décevant.

Clémence revint au bout de quelques minutes. Elle se sécha dans la salle de bains, puis nous rejoignit au-dessus de la couverture. Marius se colla contre moi avec l'effarouchement d'un enfant soudain répugné par sa mère. Il m'enserrait l'index d'une main, de l'autre maintenait son emprise sur la petite vache mauve. Il gardait les yeux ouverts, tournés vers la porte de la chambre qui battait au rythme des rafales du vent, comme s'il redoutait l'arrivée imminente d'une créature monstrueuse, non répertoriée par les biologistes.

Je ne sais plus qui de lui ou de moi se rendormit le premier.

13

Le lendemain, nous prîmes le petit déjeuner dans un réfectoire privé de lumière naturelle et pavé de larges carreaux blancs. J'espérais trouver au buffet une omelette ou des œufs brouillés, mais l'offre était quelque peu misérable, les habituelles confitures en barquette, des pommes importées de Nouvelle-Zélande, des tranches de fromage jaune pâle et de jambon d'industrie. En revanche, à la surprise générale (aux tables voisines, ils s'en étonnaient par de répétitives onomatopées), le café tirait aisément son épingle du jeu, à tel point que je bus trois expressos à la chaîne ; ma nervosité ne fit qu'enfler. J'eus la nette impression que cette fois je n'échapperais plus à la *force irrésistible*, je partageais mon dernier repas avec Clémence et Marius. Je ne ressentais plus du tout l'apaisement de la veille au soir. Les bénéfices de mon super-orgasme s'étaient estompés. Marius courait un peu partout, il chantait en faisant le mariole. Certains matins il se réveillait dans une longue complainte, mais là depuis le saut du lit c'était une ode simple à la vie. Le jour se levait, et il n'avait à penser ni à une *to do list* ni au poids d'un monde qui va mal. Le futur proche n'avait pas d'emprise sur lui. Il me lançait des regards complices, il m'invitait à l'accompagner dans ses cabrioles et ses idées saugrenues de petit enfant, vierge de toute convention sociale. Il me poussait par sa candeur à réinventer mon rapport aux gens et aux choses. J'aurais pu, moi qui avais été un comique excentrique, me laisser aller à quelque pitrerie, mais je ne faisais que lui renvoyer des espèces de sourires malformés. Voilà au moins quelque chose que j'avais réussi depuis mon fiasco à Paris : transmettre à Marius mon gène humoristique. Sinon comment expliquer qu'à un si jeune âge il eût déjà acquis le goût du spectacle et de la blague, le sens de la farce en tant que distorsion de la normalité — alors même que la normalité, pour un si petit enfant, est un concept encore abstrait, en voie d'inoculation ? Je l'observais donc en train de pratiquer une forme rudimentaire d'humour, et ce faisant je songeais à ce que Clémence avait dit quelques jours auparavant, *vous êtes comme deux meilleurs amis*. Elle avait ajouté que cette pensée de cour d'école la rendait profondément heureuse, plus qu'elle ne l'aurait jamais imaginé avant d'avoir un enfant avec moi. C'est ce meilleur ami que depuis la veille je cherchais à trahir.

Au cours du petit déjeuner, il n'y eut entre Clémence et moi qu'un échange avec les yeux, mais il suffit. On y voyait, évanouie, la flamme qui nous avait embrasés la veille.

À la sortie du motel, nous nous disputâmes le volant comme deux mômes les commandes d'une voiture téléguidée. Je finis par l'emporter, arguant qu'à cause de l'orage elle avait trop peu dormi. Nous empruntâmes une départementale de nature à maudire à jamais le passage des hommes sur la Terre. Des pavillons tape-à-l'œil, des entrepôts, des concessionnaires automobiles et des restaurants chinois en faillite composaient le paysage. Des gens vivaient ici, ils se construisaient une représentation de l'existence irréversible ; chienne de société. Clémence avait replongé dans son espèce de mutisme, peut-être dû à cet état de fatigue dont je l'avais accusée pour prendre le volant. Quant à moi, je n'avais pas le cœur à bavarder. Mon esprit était cannibalisé par des images d'échangeurs autoroutiers, de champs de céréales, de canaux artificiels, de *relax zones* ; des lieux où j'évoluais librement, en solitaire, avec une légèreté et une tristesse inconciliables.

Clémence augmenta le son. La radio diffusait *Dance Me to the End of Love* de Leonard Cohen, et notre chagrin ne fit que grossir.

Ce que dans nos tribulations nous avions jusque-là miraculeusement évité advint, la route bouchonna. Pare-chocs contre pare-chocs, une banquise de métaux qui vous piège dans la fournaise de juillet. L'image d'Épinal d'une société qui tourne fou. Et moi, à fulminer contre le genre humain, mais emprisonné dans un mode de vie qui finirait par me rendre schizophrène ou bipolaire. Encore un humoriste qui aura mal viré… Je m'étais toujours défendu d'être un *clown triste*, c'était à mes yeux un caractère que l'on collait trop facilement aux comiques, et je m'étais trompé parce que je n'avais jamais vraiment plongé ma tête dans mon ventre pour voir ce qu'il y avait dedans, au plus profond de la chair. Une phrase me hantait, la citation d'un philosophe lue un jour par hasard, « penser sa vie et vivre sa pensée » ; je restais bloqué à mi-chemin. Le GPS nous conseilla de suivre un itinéraire alternatif, nous obtempérâmes. Nous empruntâmes une autre départementale qui longeait la Marne, traversâmes deux petites villes du nom de Chaumont et Rolampont. Tiens, me dis-je, voilà qui ferait de chouettes personnages de bande dessinée, Chaumont & Rolampont. Un panneau de signalisation nous défendait de dépasser les cinquante kilomètres à l'heure. De toute façon nous étions beaucoup trop nombreux sur cette départementale parsemée de vieilles bâtisses et de forêts de chênes, tous les GPS avaient eu la même idée. La voilà, l'intelligence collective. J'aperçus un bar-tabac, l'envie me prit de boire un café et même d'acheter le journal ; les vraies vacances. Je garai la Peugeot sur un parking de gravillons, entre deux cratères qui devaient accueillir des mares de pluie en d'autres saisons. D'autres voyageurs s'étaient arrêtés comme nous pour marquer une pause, faire parler leur pouvoir d'achat ; cet endroit avait quelque chose des zones de ravitaillement que l'on rencontre le long des nationales semi-désertiques des pays arabes, ou des aires de commerce de l'Ouest américain.

À peine sorti, Marius posa ses yeux sur le commerce de l'autre côté de la route, manifestement un magasin d'animaux en résine grandeur nature. Le café et le journal, je pouvais oublier. Nous traversâmes tous les trois la départementale en forçant un peu le passage. Devant une tente oblongue, des mustangs peinturlurés aux couleurs de l'arc-en-ciel, des vaches, des cochons, des cerfs dont Marius voulut aussitôt toucher les bois, une faune de résine tournée vers la circulation automobile saturée stationnait sous le soleil, et peu à peu, au gré des chassés-croisés entre juilletistes et aoûtiens, pour des sommes allant de mille à trois mille euros pièce, cette faune inerte trouverait place dans les lotissements, les terrasses, les gazons coupés à ras des jardinets en devanture des façades.

Marius nous entraîna sous la tente, un espace couvert d'un plancher amovible où mille autres bébêtes attendaient le chaland. Des renards, des coqs, des souris, des sangliers, des boas, des crocodiles. Un zoo pétrifié dans un monde où nous serions enfin seuls. Marius sautait de spécimen en spécimen, il vivait un rêve éveillé. Nous le suivions mécaniquement, Clémence et moi, en nous évitant du regard, le fond de l'âme triste. Je m'écartai un peu et jetai un coup d'œil vers l'extérieur, un terrain vague cabossé se prolongeait en prairie. Je n'étais pas encore prêt à retenter ma chance, je n'étais pas assez échauffé. La fugue, c'est une discipline qui requiert du courage, de l'agilité, une bonne capacité d'adaptation et de la vitesse d'exécution, une discipline dont je découvrais à peine les codes ; il ne valait mieux pas s'y frotter de grand matin. Seulement j'avais envie de convoquer l'idée de ma disparition pour voir si elle était toujours bien active. Il y avait donc derrière la tente ce terrain cabossé occupé par quelques voitures et des piles de palettes en bois, puis cette prairie. En prolongeant mon observation, je distinguai une clôture au bout du terrain vague, je crus y voir un trou de la largeur d'un homme. Par mesure de prudence, j'éteignis mon téléphone dans ma poche. Clémence s'approcha de moi, laissant seul Marius en train d'essayer de soulever un porc de trois fois sa taille. Arrivée à ma hauteur, elle consulta des étiquettes de prix d'un air pénétré ; depuis quand ça l'intéressait de savoir combien coûtait un lot de six crapauds en résine ? Je partis retrouver Marius, il venait de tomber sur un petit tracteur en liège dans le compartiment du magasin consacré au thème de la ferme. Clémence nous rejoignit. Nos regards se croisèrent par mégarde à travers les mamelons d'une vache charolaise. Elle dut intervenir auprès de Marius, car il menaçait d'endommager le tracteur. Je caressais un pélican perché sur un branchage artificiel (j'avais investi le compartiment « forêt tropicale »). À cet instant l'une des vendeuses éleva la voix, je l'entendis protester contre notre fils, qu'elle appela *mon bonhomme*, car il avait manifestement cassé l'une des roues du tracteur. Pour la forme, je sermonnai Marius et me confondis en excuses auprès de la vendeuse en lui assurant qu'en guise de dédommagement je lui achèterais sa babiole. Clémence s'était précipitée vers la scène de l'accident avec un temps de retard ; elle se contenta de hocher pensivement la tête en fixant Marius. Je retournai à la lisière de la tente. De nouveau Clémence se rapprocha de moi, comme si elle cherchait à rétablir le contact entre nous, sans savoir comment s'y prendre. Ou alors, moins plausible, elle me fliquait. À compter de ce moment je m'inventai un scénario : Clémence *savait* que j'essayais de fuir, et de ce fait elle épiait le moindre de mes mouvements. C'était bizarre vu le contexte, mais je pris un certain plaisir à flirter avec les limites de la tente du magasin, en m'imaginant que je devais me défaire de sa vigilance. Je perçus la très faible tonalité, l'écho lointain de souvenirs encore proches, nos parties de backgammon. Nous y avions beaucoup joué, ce fut longtemps le seul théâtre de nos disputes. Nous étions même capables de nous détester. Nous avions découvert ce jeu lors d'un voyage en Cappadoce (en turc : Kapadokya, en arménien : Կապադովկիա). Un villageois ivre mort nous en avait appris les règles avant de nous battre à plate couture autant de fois qu'il le fallait jusqu'à ce que le soleil se couchât. Nous l'avions importé à

Bruxelles, notre entourage fut contaminé, ce devint rapidement une fièvre, des soirées entières à jouer plutôt qu'à refaire le monde. Mais Clémence ne trouvait pas d'adversaire à sa mesure autre que moi, et l'inverse était vrai, comme si en tant qu'importateurs nous aurions pour toujours une longueur d'avance. Sur la table basse de notre salon, à mesure qu'elle déplaçait ses pions d'un coin à l'autre du tablier, elle se rongeait les ongles, m'évitait du regard, musclait sa mâchoire, me pressait injurieusement de lancer les dés. Quand venait son tour, elle hésitait entre deux mouvements. Elle optait pour l'un. Faisait machine arrière. Testait l'autre. Revenait au premier. Elle opérait enfin un choix, et c'est comme si elle avait dû faire le deuil du mouvement écarté. Lorsque la partie prenait un mauvais tour, elle m'accusait de tentative de triche ; j'en faisais de même, et je la traitais de salope. Elle me jetait le videau à la gueule. Elle perdait son habituelle contenance, elle n'avait plus beaucoup en commun avec la femme que je connaissais. Quelques vérités périphériques au jeu étaient prononcées.

Insensiblement, nous avions de moins en moins joué au backgammon, et puis plus du tout. L'art de la dispute, et des bienfaits qui en découlaient, disparut.

Combien de temps encore aurais-je alterné entre l'ombre et la lumière du magasin d'animaux, s'il n'y avait eu ce grand fracas ? Les vendeuses poussèrent un cri. La clientèle se retourna d'une même tête vers Marius, qui fondit aussitôt en larmes. Un somptueux blaireau gisait au sol, éclaté en morceaux. Pas de veine, c'était l'un des rares modèles en plâtre du magasin.

La visite nous coûta deux cent vingt-sept euros ; nous repartîmes avec un tracteur défectueux et des débris de blaireau.

14

La D619 se jeta dans la A31, qui elle-même se jeta — sous la propulsion du nœud coulant de la E54 — dans la A5 que nous avions quittée, quelques dizaines de kilomètres plus au nord. Combien de temps faudrait-il pour que le réseau routier qui avait vertébré la France au fil des dernières décennies disparaisse définitivement des suites d'une avarie de toutes les voitures d'Europe ? Quelle vie y aurait-il si l'on n'avait pas déposé sur ces longues bandes de terre une gelée de bitume ?

J'aperçus au bord du lacet de la E54 un type robuste qui levait le pouce, et je n'hésitai pas une seconde sur la réaction à avoir, car je pressentais qu'à cause du blaireau en plâtre l'ambiance dans la voiture serait encore plus pesante si l'on restait entre nous. « Ah, tiens, encore un auto-stoppeur... » remarquai-je. Clignotant, rétroviseur, vitre qui glisse, etc. Je fis donc bon accueil au nouveau venu, bien que sa découpe ne fût pas des plus avenantes. C'était un homme bâti en Hulk, avec des jambes taillées pour la lutte gréco-romaine, des poumons de nageur en eau libre, des poings aussi gros que la tête de Marius. Ses yeux d'un bleu océan, entourés de plissures, tempéraient un visage sec et anguleux. Il s'appelait David. Il nous expliqua d'une voix un peu râpeuse qu'il descendait à Marseille où se tiendrait la semaine suivante un congrès sur le survivalisme. « Ah oui, le survivalisme… » appuyai-je. J'avais bien sûr déjà lu des trucs à ce sujet, mais je n'avais jamais vu d'adepte *en vrai*. « Ça fait longtemps que tu es là-dedans ? » demandai-je. Je vis dans le rétroviseur son encolure de bœuf se muscler légèrement, ses yeux reptiliens étinceler. Il déplaça avec une moue un peu ahurie la tête de blaireau en plâtre qui reposait près de lui, rentra les épaules et s'incrusta entre nos deux sièges pour être sûr de bien se faire entendre. « Je suis guide survivaliste », annonça-t-il avec une pointe de solennité. Ça sentait l'amorce d'un long monologue.

David donnait des stages en milieu naturel. Il enseignait aux participants les techniques de *bushcraft*, leur apprenait à pister des animaux, leur lisait à voix haute des passages complets d'ouvrages survivalistes qui rencontraient, à l'en croire, un succès prodigieux. Il n'en avait pas l'ombre d'un doute, les dérèglements climatiques entraîneraient bientôt l'émergence de micro-États gouvernés par des milices, et règnerait à tous les échelons de ces nouvelles organisations sociales une rapacité impitoyable. Mieux valait donc se préparer à cette civilisation postapocalyptique, et David y consacrait l'essentiel de sa jeunesse, comme d'autres s'engagent dans un parti politique ou écrivent de la poésie. Ce n'était certes pas très réjouissant, mais au moins il avait mis au point un antidote à *l'absence de sens* qui niquait l'horizon de la plupart des gens d'aujourd'hui ; je l'enviais.

La route vers Dijon éventrait des champs fauves et des bois inflammables ; des clochers çà et là poinçonnaient l'horizon. Le ruban de bitume ondoyait soyeusement, impérial. « C'est où qu'on te dépose ? » demandai-je d'une voix rendue la plus légère possible, les yeux levés vers le rétroviseur central. David allongea le bras et navigua d'autorité sur la carte du GPS à l'aide de ses gros doigts burinés. Le repère sautilla dans toutes les directions, perdit et gagna de l'altitude à la manière d'un parachutiste pris dans des courants d'air, puis stationna à hauteur de l'échangeur entre l'A31 et l'A39, comme un bombardier ferait du surplace au-dessus de sa cible. J'observais le travail exploratoire de David avec une attention nerveuse ; ce n'était pas seulement son voyage qu'il poursuivrait, c'était le mien qu'il déclencherait. Orienté au nord, l'échangeur autoroutier avait la forme d'un huit ; orienté à l'ouest, il prenait les traits d'un fantôme niais, la gueule barrée d'une épaisse croix. David se fixa sur le parking du Bois Défendu, en bordure de l'A39.

« Voilà, vous me lâcherez ici. »

Il nous restait soixante-trois kilomètres.

La fin du trajet avec l'auto-stoppeur tourna au thriller psychologique. À mesure que nous approchions du parking, mon état de panique s'amplifiait. Marius se contorsionnait sur son siège, il voulait dégourdir ses petites jambes, et David ne montrait pas la moindre envie de le distraire. L'un et l'autre heurtaient parfois par inadvertance le blaireau en plâtre, qui se décomposait graduellement. Clémence avait retrouvé un usage normal de la parole, normal par sa volubilité, mais elle tenait des propos tout à fait creux, elle semblait chercher à remplir l'habitacle de sons. Ses mains entouraient ses genoux. Son dos était cabré. Je tentais de me renseigner sur son humeur en coulant des regards obliques. Son visage me paraissait fermé, obtus, et sous cet angle précis, dans ce contexte d'extrême nervosité, cette figure d'ordinaire magnifique, d'une beauté admise par le plus grand nombre, était moche, un peu difforme.

Le parking du Bois Défendu était presque désert, je n'eus aucune peine à garer notre véhicule. Je notai la présence d'une Duster et d'une Volkswagen Tiguan. Je relâchai le volant ; l'empreinte de mes mains luisait au soleil. Je scannai les environs d'un coup d'œil fugace. Des frênes en rang militaire frangeaient le terre-plein, composant une sorte de muraille végétale au-devant d'une étroite bande de prairie, elle-même précédant l'orée d'une forêt. J'aperçus à l'entrée du parking une rotonde carrelée : des toilettes publiques. C'était mon salut. En passant par l'arrière, je pourrais franchir la bande herbeuse et pénétrer dans la forêt sans être vu.

C'est au moment où David et Clémence quittèrent la Peugeot que, pour la troisième fois en moins de vingt-quatre heures, j'éteignis mon téléphone. Je sortis à mon tour. Je me dressai sur le marchepied de la portière et m'accoudai sur le toit de la voiture. David croisa les mains et les posa sur son crâne, les bras formant deux triangles jumeaux. Clémence plia légèrement une jambe et suivit du regard le déplacement du trafic sur l'A39 avec un air hagard, avant de revenir à nous. Nous nous dévisageâmes un court instant sans rien dire, aveuglés par la lumière. Clémence attrapa Marius ; comme il agitait ses jambes dans toutes les directions, elle le redéposa aussitôt au sol. Je descendis de mon petit promontoire. Nous étions maintenant tous les quatre sur le macadam en ébullition du parking du Bois Défendu, et il était évident que quelque chose d'irréversible allait se produire.

La suite se déroula en une succession de diapositives projetées à très grande vitesse.

David endossa son paquetage de randonneur et prit la direction de l'A39. Je vis sa charpente taurine s'éloigner sans nous accorder de signe d'adieu. Clémence manifesta le besoin de se rendre aux toilettes. Marius dit qu'il voulait l'accompagner. Clémence se raidit. « Vas-y avec papa, dit-elle d'une voix ramollie, je suis vraiment très pressée. » Je marquai un temps d'arrêt. J'étais liquide. Marius nous prit la main à tous les deux, c'est lui qui décida du déroulement des choses. Chemin faisant, exécutant des petits bonds sans nous lâcher, il raconta une histoire peu intelligible, je crois à propos de David. Nous entrâmes dans la rotonde. Clémence s'engouffra dans les toilettes réservées aux femmes. Avec Marius, nous prîmes la porte d'à côté. Les lieux étaient vraiment cradasses, des hordes de juilletistes s'étaient ici soulagées sans considération pour *l'espace commun* ; j'eus la présence d'esprit de nettoyer la lunette avec un bout de papier-toilette alors que mon temps était compté. Je savais que ça se passerait ici, qu'il faudrait y aller d'un coup, et que je n'aurais rien à craindre pour Marius car Clémence le retrouverait immédiatement. Je l'aidai à se hisser sur la lunette. Il commença à faire pipi en me regardant d'un air coquin. Ses cheveux blonds gondolaient sous l'effet de la transpiration, ils zébraient ses yeux espiègles. Je me penchai à son oreille et je chuchotai : « Mon petit loup, je dois y aller. » Je fis un bisou sur sa joue. Je me glissai souplement dans l'entrebâillement de la porte. Je quittai la rotonde sans me retourner. J'entendis Marius crier : « Papa ! Papa ! Papa ! Papa ! » J'enjambai une clôture, je foulai l'herbe à toute vitesse, la vue brouillée par les larmes. Je murmurai : « Marius ! Marius ! Marius ! Marius ! » J'atteignis l'orée de la forêt, je slalomai entre les troncs de frênes et de sapins, j'esquivai les arceaux d'épines. J'allongeai encore le pas, les jambes de plus en plus fébriles, le cœur détruit. Je ne pus réprimer un sanglot ; stupidement, je craignis qu'il ne trahisse ma position alors que j'étais déjà loin du parking. Je butai sur une ligne de chemin de fer. J'escaladai le talus. Je m'assurai qu'aucun train n'était en vue avant de franchir les rails. Je me laissai tomber de l'autre côté de la voie ferrée, le souffle court. Je m'affaissai sur le ventre.

Et alors seulement, je m'autorisai à pleurer de toutes mes forces.

15

Quand je me relevai, j'avais versé beaucoup de larmes. Combien de temps étais-je resté à terre ?

Je repris la route, cette fois d'un pas lourd. La forêt tamisait le rayonnement du soleil et modérait la chaleur. Je croisai la trajectoire d'une sente, que j'empruntai avec soulagement ; j'avais les bras et les jambes tailladées. Était-ce bien moi, ce type qui marchait seul à l'intérieur d'un triangle de forêt formé par le croisement entre deux autoroutes et une départementale, à une latitude de 47,302 degrés nord et une longitude de 5,136 degrés est ? La vie normale n'était qu'à cinq cents mètres d'ici ; il aurait suffi de passer un coup de fil et de rebrousser chemin pour recouvrer mon état antérieur.

Je perçus des craquements derrière moi. Des branches au sol se brisèrent. Je fis volte-face. Une ombre approchait. Je songeai d'abord à une créature sylvestre, mais c'était une silhouette humaine qui peu à peu se dessina. Il fut bientôt évident qu'il s'agissait d'un homme, et d'un homme massif. Je restai pétrifié, le regard fixé sur l'ombre qui s'avançait. Un visage m'apparut à une vingtaine de mètres. L'esprit confus à cause de ma fugue, je mis encore un moment avant de reconnaître David.

DEUXIÈME PARTIE

L'AZIMUT

16

Au bout de quelques minutes à lever son pouce au grand huit de l'échangeur autoroutier, David s'était souvenu d'une évidence : rien ne le pressait de rejoindre Marseille. Alors pourquoi diable se ruer dans la première voiture venue ? Il avait retrouvé le parking du Bois Défendu et suivi un azimut vers le sud, franchissant la même ligne de frênes et la même bande herbeuse que j'avais traversées à grandes enjambées, alors que Marius faisait encore pipi en criant « Papa » de plus en plus fort et que Clémence dans les toilettes d'à côté s'apprêtait, j'imagine, à lui venir en aide. Mon cœur se remit à cogner. J'avais face à moi un témoin présent sur les lieux de mon évasion *après* ma disparition, et qui en cette qualité avait sans doute vu Clémence et Marius. Il les avait sans doute vus, et il avait sans doute vu dans quel désarroi je les avais plongés. Au même moment, je devais encore être prostré contre le talus d'une voie de chemin de fer, le visage enfoui dans la terre, la respiration empêchée, les poings ratissant et cratérisant le sol, pareil à un petit crabe qui s'ensablerait à la marée descendante, à un damné qui creuserait sa tombe. Que faisaient-ils, Clémence et Marius, quand David était repassé par le parking ? Hurlaient-ils désespérément mon nom en direction de la forêt ? S'étaient-ils réfugiés à l'intérieur de la Peugeot, la clim à fond, et Clémence klaxonnait-elle comme une folle dans l'espoir d'une intervention divine, tandis que Marius observait sa mère sans comprendre si ce concert faisait partie d'un jeu ? Avait-elle réquisitionné les occupants de la Duster et de la Volkswagen Tiguan pour quadriller les environs ? Je me fis violence pour me retenir de questionner David ; j'avais mon content de douleur. J'allais lui demander, par précaution, de ne rien m'en dire, lorsqu'il posa ses yeux sur une souche et, les pouces crochetés aux lanières de son sac, il mâcha ces mots : « Votre voiture n'était plus sur le parking. » Il leva vers moi un regard furtif, comme pour mesurer l'effet de ses propos avec une pudeur qui me surprit. Je me détournai, je gratouillai du bout des ongles l'écorce d'un arbrisseau. *Votre voiture n'était plus sur le parking.* Je m'agrippai au jeune tronc pour ne pas perdre pied. J'étais condamné à ruminer cette information aussi longtemps que je resterais sans nouvelle de Clémence et Marius.

David brandit une boussole, passa la cordelette autour de son cou et examina le cadran d'un air expert. L'aiguille semblait caractérielle car il fronça longuement les sourcils. « Ah voilà, le sud c'est par là, indiqua-t-il avec le bras raide d'un arbitre de foot. Tu me suis ? »

Le passage d'un train à proximité m'empêcha de produire une réponse audible.

J'étais à la dérive, et ce jeune homme aux mensurations bovines se proposait de me remorquer vers une destination inconnue, orienté par une boussole en toc.

Nous nous mîmes en marche. Je me demandais par quel miracle David ne m'avait toujours pas posé de question, si c'était par discrétion ou par désintérêt. Dans la voiture, il avait parlé de sa vie, il avait disserté sur la fin de notre civilisation et le début de la suivante, mais à aucun moment il ne s'était soucié de savoir qui nous étions, où nous partions, ce que nous pensions de ses théories politiques. Je n'excluais pas qu'il trouve *normal* que je sois en train d'errer, sans baluchon, sans le moindre viatique, dans une forêt de banlieue oubliée des guides touristiques et ignorée des plus fervents randonneurs de la région, alors que ma femme et mon fils avaient manifestement repris la route des vacances. « Go, go ! » haranguait-il, tandis que je traînais un peu la patte. Nous quittâmes la sente. La végétation se densifia. Nous marchions tantôt en canard, tantôt sur les genoux, sauf sur certains passages plus éclaircis qui nous autorisaient à redevenir bipèdes. La rumeur d'une route parvint à nos oreilles et s'amplifia. À mesure que nous nous en approchions, nous croisâmes davantage de canettes de bière, de paquets de clopes, de berlingots, de capotes ; à plusieurs reprises, un écureuil d'une rousseur ravissante sauta d'un arbre à l'autre. J'esquivais tant bien que mal les lianes épineuses qui couperosaient mes jambes nues. David, protégé par un pantalon de camouflage et des rangers militaires, ne connaissait pas ce désagrément. Je criais parfois : « Attends ! », et il attendait, un peu excédé, la respiration saccadée. Il arrachait de temps à autre une branche, cueillait une plante qu'il fourrait dans son sac. Quelquefois, il s'immobilisait net et me commandait le silence d'un geste de la main, sans se retourner. Il consultait sa boussole et grommelait quelque juron. J'avais la sensation que nous étions en train de louvoyer, mais je ne voulais pas le contrarier, et puis peu m'importait. Il était extrêmement concentré, habité par le présent, et moi absent, habité par le passé. Nous franchîmes une nouvelle voie de chemin de fer, dévalâmes un autre talus. Nous débouchâmes sur une autoroute bordée d'une haute brousse jaune.

« On fait quoi, maintenant ? demandai-je alors que nous contemplions les voitures filer dans les deux sens.

— On traverse », dit David en haussant les épaules.

C'était une artère à six bandes, séparée par un terre-plein central où survivaient des buissons et des arbustes. S'avançant au-devant de la route, David dut aussitôt battre en retraite, refréné par la circulation.

Il nous faisait courir un péril inconsidéré ; je tentai de le ramener à la raison. « Ça ne va pas le faire », risquai-je. À cause du bruit, je ne crois pas qu'il m'entendît. C'est alors que le tissu automobile se déchira fugacement. David me prit par la main et nous entraîna à travers l'ouverture. Nous bondîmes sans encombre sur le terre-plein central. Cramponné à un arbuste branchu, je songeai une fraction de seconde à ce que Clémence et Marius auraient pensé de moi si, par quelque improbable coïncidence, ils m'avaient aperçu en train de traverser l'autoroute, main dans la main avec notre auto-stoppeur survivaliste. Je me camouflai davantage dans la végétation du terre-plein fouettée par l'aspiration des voitures. Si ce n'étaient Clémence et Marius, d'autres connaissances, voire d'illustres inconnus, étaient susceptibles de me prendre en photo et de diffuser le cliché sur Internet. David beugla dans mes oreilles : « À mon signal, on y va ! » Nous surplombions de près les deux bandes de gauche réservées aux chauffards, et le souffle de la mort me procura une décharge d'adrénaline qui, un instant, réduisit mes problèmes en poussière. « Quand tu veux ! » beuglai-je à mon tour. De ce côté, le trafic était nettement plus fluide. Le dos plié, la tête entre deux branches, David guettait le moment propice. Il égrena un compte à rebours avec ses doigts, le regard toujours fixé sur la provenance de la circulation. Je coupai momentanément l'arrivée d'air dans mon corps. J'allais me jeter à l'aveugle sur une autoroute, transférant ma confiance et ce qu'il me restait de goût pour la vie à ce molosse mi-homme mi-animal. Le compte à rebours dura cinq secondes et je pensai successivement à Marius, Clémence, ma mère et mon père. À la tête qu'ils auraient à mon enterrement, aux habits qu'ils mettraient. David me prit de nouveau par la main et nous franchîmes les deux bandes en regardant droit devant nous ; quelques usagers de la route klaxonnèrent. Dépassé par mon propre empressement, je perdis l'équilibre dans les herbes sauvages qui frangeaient le bas-côté. Je me redressai graduellement, un peu groggy. « Tout va bien, Indiana Jones ? » demanda David avec un sourire stupide. Je posai ma main sur la poche de mon pantalon ; mon téléphone n'y était plus. « Mon téléphone… » gémis-je. Je me courbai et fourrageai dans la brousse à la recherche du dernier lien qui me raccrochait à ma petite famille. David passa lui aussi les hautes herbes au tamis, avant de scruter le goudron. Il émit un sifflement pour attirer mon attention et pointa la bande de gauche de l'autoroute. Je plissai les yeux ; des bris métalliques gisaient sur le sol, accotés à la berge du terre-plein.

Le paysage devint géométrique ; les terres agricoles étaient découpées comme des frontières africaines et nous progressions le plus souvent entre les lignes de plantations, subissant les feux verticaux du soleil. Mon crâne grésillait, ma peau rôtissait ; j'avais la sensation d'aspirer l'air d'un sèche-cheveux. Je me pelotonnai dans le souvenir de ma première rencontre avec Clémence, la crème solaire que j'avais appliquée sur sa nuque, l'odeur de ses longs cheveux chauds, la splendeur de ses dix-sept ans, et cette exploration des replis de ma mémoire, cette pieuse conversation avec un fragment du passé m'occupa l'esprit jusqu'à ce que nous atteignissions une pièce d'eau artificielle à moitié à sec, qui s'avéra être le lac de la Tille.

« De l'ombre et de l'eau », suffoquai-je. Nous étudiâmes les abords du lac ; les pieds des chênes et des peupliers étaient tapissés d'une épaisse couche d'êtres humains léthargiques. « De l'eau, ouais, mais de l'ombre... » souffla David. Nous envahîmes l'étendue sableuse. Au vu de tous, dans une succession de gestes impatients, mon compagnon de voyage se déshabilla entièrement et révéla un sexe de petite taille, alors que je l'imaginais équipé d'une bite herculéenne. Ses muscles s'actionnèrent et le propulsèrent au galop jusqu'aux confins de la zone de baignade, où l'eau lui arrivait seulement au nombril. Je ne m'étais jamais mis tout nu en public, a fortiori sur une plage manifestement interdite aux exhibitionnistes, mais je n'avais pas de maillot de bain (le mien était dans la Peugeot) et je préférais éviter de mouiller mon caleçon avant de reprendre la marche. Alors voilà, je pris moi aussi la direction du lac dans mon plus simple appareil. La plupart des baigneurs s'écartèrent sur mon passage. Deux filles d'une vingtaine d'années qui bavardaient en barbotant, ou qui barbotaient en bavardant c'est très bien aussi, dévisagèrent mon pénis au moment où je l'immergeai dans l'eau tiède ; elles eurent un rire gêné, puis se remirent à parler sans quitter leur position. À cause de ma nudité illicite, de cette chaleur terrifiante, de mon statut de fugueur, j'avais l'impression d'une dissipation du contrôle moral de la société. Un scénario drolatique et un peu porno bourgeonna dans mon esprit, et j'étais bien parti pour concevoir un sketch sans prétention politique, lorsque je revins à ma réalité, celle d'un jeune père qui venait d'abandonner sa femme et son enfant. Dans une longue et lente expiration, je plongeai sous la ligne de flottaison. Des bulles s'échappèrent de ma bouche. Assis en tailleur au fond de l'eau, j'entendais des cris d'enfants assourdis, au loin une jambe ou un bras qui transperçait la surface. J'aurais aimé devenir une algue microscopique, une goutte, une molécule d'H_2O. J'aurais aimé, l'espace d'une seconde, quitter mon enveloppe d'humain moderne pour prendre l'aspect d'un lointain aïeul, un organisme unicellulaire, eucaryote idéalement, un ciliophore, un rhizopode, enfin un ancêtre de ce genre, je n'avais pas vraiment de préférence. J'en voulais soudain aux lois de l'évolution qui nous avaient dotés de fonctionnalités de plus en plus complexes ; certaines avaient concouru à notre plaisir et notre émancipation, d'autres nous menaient à l'autodestruction.

Un poids effroyable s'abattit sur mes épaules et me comprima tout entier contre le sable. Je tentai de me défaire de mon prédateur, mais les jambes lourdes comme des troncs de sycomore étaient impossibles à déplacer. Mes poumons se contractèrent à la recherche d'air ; je plantai mes ongles dans l'écorce et les deux souches me libérèrent aussitôt. Un bras me ramena à la surface. J'inspirai bruyamment comme si je sortais d'un cauchemar. David tapait des mains dans l'eau, satisfait de sa plaisanterie. « Pauvre con », articulai-je rageusement. Il fallait que je me fasse respecter, mais ce type me semblait insensible au pouvoir des mots, quant à la force physique ce n'était même pas la peine d'y songer. Je remplis ma bouche d'eau avant de la vider dans sa direction. Le jet forma un arc et s'écrasa sur son épaule ; il n'y prêta guère attention.

Je transformai mon T-shirt en pagne de fortune, les manches nouées autour de ma taille. David jugea le dispositif ingénieux et m'imita. J'étais assoiffé ; à la guinguette, je commandai quatre bouteilles d'eau. J'allais déballer des espèces, mais David me devança et régla ma note. Il s'offrit, pour sa part, une pinte de bière glacée. Je sentais qu'il voulait profiter du rafraîchissement pour sympathiser, mais son assaut dans le lac m'avait mis en rogne ; je bus mes quatre bouteilles d'eau à l'écart.

Nous reprîmes la route, réhydratés mais toujours aussi cramés, et la peau picorée de grains de sable. Le soleil nous frappait la nuque avec la férocité d'un chalumeau ; par chance, le rideau de cheveux blonds dont j'avais hérité de ma mère me préserva d'une brûlure au deuxième degré. Nous longeâmes d'autres lacs artificiels à l'eau blanchâtre, défendus par des grillages électrifiés coiffés çà et là de caméras de surveillance. Des oiseaux au vol auguste planaient au-dessus de la surface en quête de poiscaille pétrochimique. Des presqu'îles en forme de nuage rognaient la superficie des plans d'eau. Les lacs firent place à des champs et des prés. Une vache se tenait près du chemin ; je baissai aussitôt la tête pour ne pas croiser son regard, car il faut se méfier du regard des vaches, bien des hommes avant moi y ont lu leur propre détresse. Nous rencontrâmes une chapelle au dessin croquignolet, une ferme gardée par des dobermans dont le sens de l'hospitalité ne m'apparut pas immédiatement, un paysan sur son tracteur qui nous salua en soulevant sa casquette ; sa bonhomie me fit penser qu'il n'était pas, contrairement à des dizaines d'autres agriculteurs, sur le point de se suicider.

Nous nous enfonçâmes dans un taillis. Tout à coup David se figea. Il fit volte-face et m'intima de ne plus bouger. Il désigna du doigt un buisson de ronces quelques mètres plus loin, et je crus lire sur ses lèvres : *un sanglier*. Il dégagea de sa pochette Bear Grylls une petite machette en acier et me fit signe de rester là où j'étais, je ne devais pas bouger pendant qu'il partait à la chasse. Il s'approcha du buisson à pas de loup, mais dans sa maladresse d'ours il brisa plusieurs brindilles ; à chaque fois, la *chose* sembla tressaillir sous les ronces. Le chasseur n'était plus qu'à deux ou trois mètres de sa cible lorsqu'il lança sa machette. La gesticulation se poursuivit, mais déjà plus loin. « Raté », grommela David. Il porta l'estocade dans un rugissement revanchard et piétina le buisson de ronces en proférant des borborygmes. Épouvantée, la bête traquée quitta sa planque en détalant, et nous comprîmes enfin à quel type de gibier nous avions affaire : un pigeon infirme, manifestement incapable de voler. Tandis que le malheureux tas de plumes tentait de se frayer un chemin à travers le sous-bois, David s'acharna sur lui avec sa machette jusqu'à ce que le volatile, déplumé et maculé de sang, n'émît plus de signe de vie. Au moyen de la ficelle qui tenait sa boussole, il le ligota et le suspendit à sa ceinture.

David donnait certes une orientation à ma cavale, mais sa fréquentation m'était de plus en plus désagréable. Je venais d'assister avec horreur au meurtre barbare d'un pigeon malade, et sa ruade dans le lac ne m'avait pas laissé indemne ; je souffrais de plusieurs contusions. Je me promis de lui fausser compagnie dès que l'aménagement du territoire me serait favorable.

Nous débouchâmes par inadvertance dans le parc d'un château, visiblement une résidence seigneuriale composée d'une façade Louis XVI flanquée de corniches à balustre. Son pigeon mort cahoté contre le cuissot, David accéléra l'allure et se faufila entre les topiaires et les parterres de buis taillés. Plusieurs résidents nous aperçurent ; avachis dans des chaises longues à l'ombre d'un chêne tricentenaire (un chêne qui avait vu passer les avions de la Luftwaffe, les troupes napoléoniennes, les bataillons défaits de la guerre franco-prussienne ! qui avait survécu au petit âge de glace du XVIIIe siècle, à la tempête de décembre 1999, aux canicules des années 2020 ! qui avait vu des hommes se battre, s'aimer sous son branchage, modifier la composition gazeuse de l'air qu'il capturait !), ces résidents se redressèrent et plusieurs d'entre eux se mirent à filmer notre intrusion. David me poussa dans le dos. « Grouille tes puces ! » gronda-t-il. Nous cavalâmes à travers le domaine, longeâmes l'orangerie et les écuries, franchîmes par une porte dérobée la haute grille en fer forgé qui clôturait la propriété. Nous poursuivîmes notre galop durant quelques dizaines de mètres, avant de nous arrêter net, le souffle court, les mains sur les genoux. Nous étions maintenant hors de danger.

Je n'avais rien mangé depuis le petit déjeuner dans le motel de Troyes ; c'était le matin même, c'était un autre âge. Je dis à David : « Je vais me chercher un truc à bouffer, et toi, tu fais comme tu veux, ça marche ? » Il fit claquer sa langue. « Non, non, tu restes ici, tête de nœud ! Je vais avoir besoin de toi pour chasser le lapin. Tu verras, tu n'auras jamais rien becqueté d'aussi bon. » Je poussai un long soupir. Je lui fis remarquer que ce ne serait pas si simple d'attraper un lapin ; jusqu'ici, il n'avait récolté dans sa gibecière qu'un pigeon handicapé. « Si je le voulais, je pourrais vider cette forêt de tout ce qu'elle compte de poils et de plumes », m'assura-t-il en m'entraînant plus profondément dans les bois. À l'orée d'une clairière recouverte de mousse et de fougères, il ouvrit son sac pour en extraire des habits de treillis, un tube de cirage noir et, avec la plus grande précaution, l'arme qui servirait à zigouiller le lapinou : une arbalète de poche. Il me jeta une chemise et un pantalon de camouflage qu'il avait en plus. Je m'exécutai sans renâcler ; j'avais les crocs, je voulais vraiment le bouffer, son lapin. Nous nous grimâmes le visage, puis nous attendîmes. Nous attendîmes longtemps, assez pour que défilent devant mes yeux les visages de Clémence et Marius qui s'animaient durant de brèves séquences et dans des décors variés, comme le salon de notre appartement, la cour de la crèche de Marius, le jardin de la maison de vacances où nous aurions dû être réunis tous les trois à l'heure qu'il était, puis des images de bouffe affluèrent, un poulet-frites, un bol de corn-flakes, une assiette de spaghettis bolognaise, une pizza quatre fromages. Je commençais à souffrir des articulations et à trembler de tous mes membres lorsque David détecta la présence d'un lapin de garenne à une dizaine de mètres de nous, à la sortie d'un massif d'orties.

Nous nous cabrâmes. La bestiole, grise et rachitique, progressait innocemment vers notre position. Dans un mouvement d'une lenteur dont je l'aurais cru incapable, David porta l'arbalète à hauteur de son épaule, approcha son œil du viseur et caressa la gâchette du bout de l'index. Je fixais le lapin, je me figurais déjà cette boule de poils en bouillie, crucifiée sur place, et bientôt rôtie, bientôt sous nos canines. « Alors, tu y vas ? » demandai-je. « Tais ta gueule », murmura-t-il en articulant chaque syllabe ; je me tus. J'ignorais pourquoi il ne passait pas à l'acte, notre proie poursuivait sa petite promenade en toute quiétude, tandis qu'au loin nous parvenait la rumeur de la civilisation, le staccato d'une moto, le ronronnement d'une tondeuse à gazon ; tout ça ne perturbait nullement le lapinou, qui soudain se vit perforé par une flèche et se coucha sur le flanc. « Dans le mille », dit calmement David. Il ramassa une branche longue et coriace, dont il tailla l'une des extrémités à la machette. Une fois l'ouvrage accompli, il embrocha notre gibier en lui transperçant le bas du râble. Nous le véhiculâmes par la broche, chacun d'un côté. Le lapin avait les yeux ouverts, gelés dans leur absence d'expression.

David me chargea de fagoter du bois mort. Lorsque je revins victorieux de ma mission, il avait ôté sa chemise de camouflage et s'affairait avec une planchette de lierre et une branche de noisetier qu'il avait tirées de son paquetage. Nous étions au cœur de la clairière. « C'est pas trop risqué un feu, ici ? » m'inquiétai-je. Le pyromane était trop absorbé par sa tâche pour me répondre. Des flammes s'élevèrent, la chaleur nous fit reculer ; il jeta de nouvelles branches. Peu après, il suspendit le lapin au-dessus du brasier.

Nous attaquâmes la viande fumante à la fourchette. Elle était sèche, sans goût et à moitié cuite, certains morceaux s'avérèrent carrément répugnants, mais je n'allais pas faire la fine bouche alors que j'étais incapable de chasser un vermisseau. David portait sa gamelle au menton, comme pour accélérer l'ingurgitation de la chair animale. Les flammes par sudation avaient liquéfié son cirage ; de minces traînées noires lui zébraient les joues. À peine eut-il achevé sa tambouille qu'il évoqua de nouveau l'avenir de notre civilisation, le regard un peu possédé. Cela revenait à marcher sur la Lune ou à concevoir un prototype de société nouvelle. Il semblait répondre à un appel en provenance d'une autorité supérieure, en répétant idiotement des énoncés qu'il avait dû réciter dans le cadre de ses stages. « Imagine, une cyberattaque a court-circuité Internet dans le monde entier, la planète est vidée de ses ressources, des groupes armés sèment la terreur un peu partout, nos pays sont plongés dans les ténèbres, et nous sommes ici, toi et moi, à devoir survivre… » Cette perspective le laissa rêveur ; je recrachai une vertèbre dans le feu.

Un long silence s'installa, et puis, comme il m'aurait annoncé la météo du lendemain, David m'informa que son père était mort lors d'une partie de chasse. Il reposa ses bras sur ses genoux et plongea son regard dans les flammes. En signe de condoléances, et en prévision de l'histoire qui allait suivre, je déposai ma gamelle remplie de petits ossements.

« C'était un dimanche d'automne, commença-t-il sur le ton inattendu d'un conteur. Mon père, qui passait pour l'un des meilleurs fusils de l'Aube, menait la battue dans une forêt de conifères... Et puis là, un cerf qui le fuyait s'est retourné. Il a chargé mon daron comme un taureau. Un andouiller lui a défoncé la boîte crânienne. De la part d'un cervidé, c'est une réaction vraiment rare, mais voilà, c'est arrivé... Les autres chasseurs ont trouvé mon père éclaté sur un tapis de feuilles mortes. » David continuait de poser sur les braises ses yeux de gros batracien d'où naissaient des coulées de charbon, et cette fois j'ignorais si c'était l'effet de la chaleur ou du chagrin. Il se tut ; je ne savais trop quoi lui dire. « Je suis désolé », affirmai-je. « Oh, faut pas... » Il se tut de nouveau. Je sentais que, d'une manière ou d'une autre, j'allais devoir passer à la caisse, et sans délai. Hélas, je voyais juste. Comme s'il venait de s'en donner l'autorisation après tout ce temps à marcher ensemble, comme si maintenant les mots existaient pour nommer l'incongruité dont j'étais l'initiateur et la force motrice, David finit par me demander ce que je foutais ici, pourquoi j'avais quitté ma femme et mon garçon. À ces derniers mots, j'éclatai en sanglots ; il venait de saboter un barrage hydraulique. Je me sentis soudain proche de ce jeune homme, peut-être parce que c'était mon seul confident possible depuis ma disparition, le seul témoin de mon deuil volontaire, le seul à même d'y comprendre vaguement quelque chose, le trait d'union entre ma vie d'avant et ma vie nouvelle, et qu'à ce titre il occuperait pour toujours une place à part. Moi aussi, tout en parlant, je fixai mon regard sur les braises, comme si je m'adressais à une puissance thermique devenue calme, à l'écoute de mes doléances, et David du bout de ses rangers ordonnait le pourtour du feu, prévenait l'embrasement. « Je les ai quittés parce que je ne vais pas bien. » D'ordinaire je n'aimais pas trop m'épancher sur mes états d'âme, mais là je devais verbaliser pour la première fois l'impensable ; je cherchais mes mots. « Je n'en pouvais plus de faire semblant, surtout devant mon fils, et je ne voulais pas leur imposer mon mal-être plus longtemps. »

David m'offrit quelques gorgées d'eau fraîche de sa gourde, me demanda si j'avais encore mal au thorax ; je crois même qu'il me présenta ses excuses. En revanche, il s'en moquait un peu de savoir ce qu'il adviendrait de Clémence et Marius. Il était seulement concerné par les raisons disons *politiques* de mon départ. Le dérèglement climatique, et donc le défilé de catastrophes à venir, les pénuries de ressources, les migrations massives… Il voyait en moi une brebis à enrôler dans son délire survivaliste, un futur disciple. Nous avions au moins une chose en commun, notre incapacité à habiter convenablement le monde.

Bercés par le crépitement du feu en déclin, assommés et repus, nous piquâmes un somme.

Au réveil, nous quittâmes les vallons boisés pour arpenter, suivant un azimut de plus en plus tordu, un tableau exclusivement agricole. Défilèrent des champs à perte de vue ; la plupart serviraient à nourrir le bétail que les hommes ensuite mangeraient. Je tâchais de faire des efforts pour rendre ma compagnie plus agréable. J'amorçais des conversations, je mettais davantage d'intonations dans ma voix, je faisais montre d'une authentique curiosité en écoutant les anecdotes souvent décousues de David ; lui-même me posait des questions sur mes hobbys. Ma carrière d'humoriste l'intrigua particulièrement. Il m'attribua par avance un rôle au sein de sa *société des tribus*, le jour où elle adviendrait : celui de troubadour. « Pour ça, il faudrait d'abord que je retrouve ma joie de vivre... », lui fis-je remarquer.

Le soleil avait perdu beaucoup d'altitude lorsque nous débouchâmes, à proximité d'un rond-point à quatre voies, sur une plateforme de commerces et de services. Elle annonçait la présence d'un gros bourg dont elle avait probablement tué la vie dans le centre ; processus courant en Europe occidentale, qui avait tardivement copié l'aménagement du territoire américain. La superficie de la plateforme était majoritairement occupée par des places de parking. Les visiteurs faisaient des emplettes à l'Intermarché, à la pharmacie ou à la boulangerie, d'autres se rendaient chez l'opticien ou l'audioprothésiste. Au car wash, un agent de nettoyage faisait gicler des rivières d'eau potable sur la carrosserie d'une petite Citroën ; un autre aspirait l'intérieur d'une jeep. Il suffisait donc, dans ce coin de la France, de réaliser des allers et retours motorisés entre son domicile et cette plateforme pour traverser sans encombre les années, et peut-être même connaître des instants de joie pure.

Nous poursuivîmes notre route le long de la départementale qui descendait doucement. Les maisons se coudoyèrent davantage. Tout portait à croire que nous allions pénétrer dans une collectivité territoriale jouissant d'une autorité administrative décentralisée et disposant d'affaires propres, distinctes de celles de l'État français. Et en effet, au détour d'une légère courbe, un panneau indiqua : Mirebeau-sur-Bèze.

TROISIÈME PARTIE

MIREBEAU-SUR-BÈZE

17

La Grande Rue de Mirebeau-sur-Bèze était une artère sans arbre, empruntée uniquement, au moment où nous arrivâmes, par de vieilles personnes. Les façades souvent défraîchies étaient striées de persiennes aux couleurs pastel et chapeautées de fines plaquettes en terre cuite, de lauzes ancestrales ou, dans un cas au moins, des fameuses tuiles vernissées de Bourgogne. Des géraniums fleurissaient aux balcons ; des vignes vierges ou des hydrangeas grimpaient depuis le trottoir et lézardaient entre les jointures des pierres du pays, blanches pour la plupart. D'un point de vue architectural, cette rue faisait état d'une homogénéité presque excessive. Les mochetés et les petites merveilles, les logements sociaux à la peinture écaillée et les demeures historiques remises à neuf, bref les écarts, je les trouverais plus tard, dissimulés dans les ruelles adjacentes.

À ma surprise, la Grande Rue de Mirebeau-sur-Bèze hébergeait un tissu commercial encore vigoureux et éclectique, toutefois ce bourg subirait à coup sûr le même sort que l'immense majorité des villes et villages de province, plusieurs rez-de-chaussée souffraient déjà de vide locatif et la maladie risquait de métastaser de vitrine en vitrine. Mirebeau-sur-Bèze présentait donc de beaux restes, remarquables même pour une localité si modeste, une boulangerie bien sûr, une pharmacie, une pizzeria, un café-restaurant, un tabac-presse, un fleuriste, une bijouterie, un coiffeur, un bureau de poste, une épicerie, un tatoueur, un distributeur automatique de billets et une agence du Crédit Mutuel. Au milieu de la place principale, entre deux allées de platanes, trônait le traditionnel monument aux morts à la pierre bleue délavée. Des villageois bavardaient à l'ombre des arbres, certains jouaient à la pétanque, une bouteille de pinard à la main ; il s'agissait pour la plupart de vieillards dont les pères figuraient peut-être sur les tablettes du monument aux morts, et qui tapaient la boule pour tromper l'ennui, satisfaits d'avoir vécu dans l'interstice entre les guerres du siècle dernier et les désastres en tous genres qui s'annonçaient à l'horizon. Ce que j'eusse aimé être vieux... Oh oui, un vieux type en bonne santé qui n'aurait plus qu'à attendre sa fin tranquillement, plutôt que de porter le poids de ces maudits vingt-neuf ans.

Mirebeau-sur-Bèze rassemblait si consciencieusement les clichés et les atouts du *bon vieux village de France* que la localité semblait inventée ; pourtant cet endroit existait, il existait bel et bien. Une fois qu'on était entré ici, il n'y avait plus aucune raison d'en partir.

Lorsque nous pénétrâmes sans nous concerter, comme deux chiens se jettent sur leur pâtée, dans le café-restaurant *Le Mirebeau*, les regards se positionnèrent d'abord sur David, plus exactement sur le pigeon mort qui pendouillait à sa taille, avant de se tourner vers moi avec le même hébétement, et je devinai que je n'étais pas des plus présentables avec ma tignasse échevelée et parsemée de petites brindilles, mon bandana bruni par la terre du talus ferroviaire, mes bras cramoisis, mes jambes lacérées, ma gueule boucanée, mon air exténué, perdu. À toutes les tables les gens s'étaient tus et nous dévisageaient sans gêne, les couverts suspendus au-dessus de l'assiette. Cette configuration me rappela mes performances dans les cafés-théâtres, au moment où j'allais prendre le micro. Et d'ailleurs, comme si l'instance qui régissait ma vie tenait à assurer un semblant de continuité entre celui que je fus et celui que j'étais désormais, ou comme si déjà mon sens de l'humour se préparait subrepticement au *déblocage* — mais je savais qu'il était beaucoup trop tôt pour espérer une chose pareille —, résonna par inadvertance un lointain écho du mode d'introduction de mes premiers spectacles. En tentant de me placer à la hauteur de David, je chassai du coude un verre de vin sur une table inoccupée ; le ballon vola en éclats sur le carrelage en mosaïque. « Tournée générale ! » s'écria un client, et l'assistance rit de bon cœur. L'exclamation suscita en moi une décharge électrique dont je fus le premier surpris, alors que je croyais mon système nerveux éteint. Je me sentis tout à coup porté par un entrain inespéré, de nouveau fidèle à mon tempérament de *showman* imprévisible, de boute-en-train que j'étais ou que je croyais être, dont je m'étais convaincu qu'il était le trait dominant de ma personnalité, quand la personnalité est une construction façonnée par les autres et par soi-même, une fable — et c'est propulsé par ce sursaut que je me présentai au comptoir, avec l'aplomb de celui à qui on ne pourra rien refuser. « Une bière pour tout le monde, ordonnai-je à la serveuse. Et la plus chère de la carte. » Elle fronça les sourcils sans se départir d'un sourire amusé. « Vous êtes sûr ? » Baladant son index d'une table à l'autre, elle compta le nombre de verres à servir ; les autochtones n'en croyaient pas leurs mirettes. Elle sortit sa calculatrice. « Cent cinquante-deux euros. » Je compris qu'elle ne ferait pas pisser la bière tant qu'elle n'aurait pas vu, ou plutôt *entendu* l'oseille. À juste titre, mon accoutrement l'invitait à la vigilance. J'opérai le paiement avec succès sur son terminal électronique ; elle ne put masquer sa stupéfaction à l'écoute des trois bips. Nous ne passions déjà plus pour des vauriens des champs mais pour de riches vagabonds à l'âme généreuse, des voyageurs exotiques aux manières chevaleresques, de fantasques visiteurs en possession d'une fortune qui alimentait déjà tous les fantasmes et nous drapait d'un épais mystère. *Comme quoi*, dans ces contrées reculées, il ne fallait pas grand-chose pour donner naissance aux légendes : une carte bancaire en apparence bien garnie, et un pigeon mort.

Nous prîmes place sur les chaises en cuir matelassé. Les clients se disputèrent aussitôt notre attention, ils nous demandèrent dans un joyeux désordre d'où nous venions, si nous envisagions de rester longtemps ici, où nous passerions la nuit, si le pigeon mort était notre talisman ou l'objet d'un sacrifice. Je fus bien obligé de m'improviser une histoire. Je dis que je venais de Bruxelles (à cette simple évocation, je perçus un tressaillement, un mélange de crainte et de fascination, ils me considéraient peut-être à la fois comme le suppôt et le mage du pouvoir européen), que j'exerçais le métier de kinésithérapeute (j'en surpris certains qui se caressaient, dans un réflexe presque pavlovien, la hanche ou le genou), et que je profitais d'une pause carrière pour rallier Biarritz à pied. « Biarritz... à pied... » répétèrent-ils dans un sifflement admiratif. L'un d'entre eux, un vieil homme vêtu d'une cravate sous un pull à col en V, m'objecta que je n'avais pas pris le chemin le plus court. Ce con n'avait pas tort ; je rougis.

Tandis que David élucubrait à propos de survivalisme (les clients n'y comprenaient goutte, peu à peu ils retournèrent à leur assiette et achevèrent leur paleron de bœuf), je croisai à plusieurs reprises le regard d'une jeune blonde alors même que je ne voulais surtout pas la voir, je n'avais absolument rien à lui offrir sinon de grandes quantités de mélancolie. Et plus je cherchais à l'éviter, plus je la trouvais, envoyant en continu des signaux erronés. Elle n'était pas spécialement jolie, mais équipée d'une bouche et d'une poitrine épaisses (deux atouts qui n'ont plus à faire leurs preuves auprès des hommes hétérosexuels), et elle avait un air naturellement sympathique ; le genre de fille chez qui vous trouverez toujours bon accueil. Elle passait manifestement la soirée avec sa mère, une femme aux longs cheveux blonds, voûtée sur sa chaise roulante, et avec sa sœur, qui était sa copie conforme mais légèrement vieillie, un succédané qui avait comme souffert du transport ; cela se voyait notamment à sa bouche, de traviole, et ses seins plus élastiques.

Nous prîmes le menu du jour, poireaux sauce gribiche, paleron de bœuf et écrasé de carottes, tarte pâtissière. Dix-huit euros cinquante le tout, c'était donné. David commanda deux bouteilles de rouge, un vin croate cultivé à Primošten, dans le comitat de Šibenik-Knin ; je n'avais jamais rien bu d'aussi délicieux. Je savais que bientôt j'aurais le recul nécessaire pour me demander ce que je zonais là, dans un patelin bourguignon, à me pochetronner avec un chevalier de l'apocalypse, alors que de toute évidence ma femme et mon fils me cherchaient éperdument, que la partie de cache-cache géant ne faisait plus rire Marius, et que cette idée m'était insupportable. Je connaissais une sorte de griserie trompeuse provoquée par la décharge électrique et alimentée par le vin croate. J'avais fini par apprécier David, et je crois qu'il m'appréciait aussi ; il était sans père, j'étais sans fils. Les clients continuaient de nous alpaguer à la moindre occasion. Les conversations enjambaient les tables, la soirée prenait des airs de banquet populaire. On parlait de vergers infertiles, de cultures asséchées, de bétail au supplice, de restrictions d'eau imposées par le gouvernement. Les gens ici vivaient encore vaguement au rythme des saisons, leur modeste fortune était à la merci du bon vouloir du ciel, et ce mode de subsistance les plaçait du côté des premiers perdants du réchauffement climatique. David acheva son écrasé de carottes avant même d'avoir touché sa pièce de viande. « Vous avez mis quoi dans votre purée ? » demanda-t-il à la cuisinière lorsqu'elle nous rendit une sorte de visite protocolaire. « Non mais, elle ne va pas vous le dire… Elle est tenue au secret professionnel ! » intervint le vieil homme élégant. Il essayait de nous séduire par quelque fin mot. Je me servis une nouvelle rasade de vin croate.

La soirée s'écoula ainsi, chacun avec ses problèmes que l'alcool anesthésiait, que l'espérance d'un coït par une chaude nuit d'été reléguait au second plan, et tous réunis par les prémices d'un probable collapsus d'une telle complexité que le *génie humain* s'en trouvait désarmé, et dont nous étions victimes et coupables, mais jusque-là surtout coupables. L'assistance se réduisit peu à peu et se resserra autour de David et moi. Il ne restait plus que la jeune blonde à la grosse poitrine, sa sœur à la bouche de traviole, ainsi que des frères jumeaux, tous deux peintres en bâtiment ; quatre mâles pour une paire de femelles. La gnôle, en effet, nous prêtait des manières inspirées du règne animal. Notre langage se limitait à des borborygmes et des glapissements, et l'instinct qui nous poussait à reproduire notre espèce pour assurer sa prolifération sur tous les continents, instinct désormais anachronique, voire contradictoire compte tenu de la menace que nous étions pour nous-mêmes, cet instinct avait colonisé notre pensée, réduit à néant notre faculté de produire des raisonnements, et résolu la question de savoir quel était notre but dans la vie : il fallait, avant la fin de la soirée, niquer à tout prix. J'étais vraiment en train de tomber dans le panneau, j'avais fini par vouloir en faire quelque chose de charnel, de ces regards que la jeune blonde avait posés sur moi dès mon entrée dans le café-restaurant et que j'avais malgré moi échoué à éviter ; elle s'appelait Aline. C'est la dernière chose que je souhaitais pour moi-même et pour Clémence depuis le début de ma fugue, et c'est la première chose que j'étais en passe de réaliser. Peut-être étais-je condamné à réussir dans le futur un nombre prodigieux de conneries.

Le Mirebeau ferma ses portes ; nous nous encanaillâmes au-dehors. Une ruelle bordée de murs et de façades en pierre jaune menait à la Bèze. C'était ma première rencontre avec la rivière du village. Elle trouvait sa source dans la grotte de la Crétanne et se jetait, après trente et un kilomètres de course, dans la Saône (cette information n'est toutefois pas nécessaire à la compréhension générale de l'histoire). Nous atteignîmes un ponton en bois sur lequel deux bancs avaient été fixés, en bois également ; une pellicule de brume ouatait la surface de l'eau. Des peupliers, de jeunes bouleaux, des saules pleureurs et des buissons d'orties boursouflaient les berges de la Bèze. Nos vêtements ne tardèrent pas à finir au sol, et nous dans la rivière. Un bataillon de canards poussa des cris effrayés et migra aussitôt vers le nord ; j'imagine que ces palmipèdes subissaient plusieurs fois par jour semblable accès de panique, alors que pour ma part, de toute ma vie, je n'avais jamais été amené à reculer devant le moindre prédateur. Nous nous baignâmes longuement, l'eau était douce, le courant calme, mon sexe en proie à un début d'agitation. Les seins d'Aline luisaient au clair de lune, rendus vaporeux par la petite brume. À eux seuls ils pouvaient mettre en joie tout un être, lui procurer le désir de l'avenir. David et les frères jumeaux leur faisaient une cour rustaude et impatiente ; dès que l'un d'entre eux se sentait hors du jeu, il se rabattait sur la sœur avec un air vaincu, le temps de repartir à l'offensive. Dans cette compétition, j'affectais un certain détachement. J'entourais mes intentions d'un voile d'incertitude. C'était la posture que j'adoptais lorsque j'étais adolescent ; elle m'avait permis de conquérir quelques filles avant le règne de Clémence. David se mit à nous éclabousser en battant des pieds et des mains, bientôt tout le monde l'imita en riant. Nous nous séchâmes sur le ponton, encore étourdis par la volupté de la baignade, le dos tourné comme si soudain la pudeur la plus élémentaire nous revenait.

Au croisement de deux venelles, Aline me prit brusquement par le bras et m'entraîna sur un chemin empierré. Ses cheveux blonds dansaient dans l'air tiède, sa petite bedaine rebondissait, ses fesses un peu flasques vibraient sous l'effet de la course. Elle se retournait, et elle gloussait à chaque fois. J'essayais de ne pas penser à Clémence. Nous atteignîmes une maison mitoyenne oblongue couverte d'un crépi jaune canari. Des rosiers poussaient sur la façade, une antenne parabolique coiffait la porte d'entrée. Aline me fit signe de grimper les escaliers dans la plus grande discrétion. L'une des marches grinça, nos joues gonflèrent comme des ballons de baudruche et nous menaçâmes d'éclater de rire. Des photos garnissaient les murs. Je reconnus la mère d'Aline, dépourvue de chaise roulante, bras dessus bras dessous avec un homme un peu replet qui devait être le père, et qui avait probablement pris ses jambes à son cou pour ne pas finir ses jours avec une femme infirme. La sœur aussi occupait plusieurs clichés ; sa bouche était déjà tordue mais sa peau plus lisse. D'autres gens, des personnes figées dans la glace d'un cadre photo, qui à l'époque du cliché nourrissaient des rêves, traversaient des épreuves, construisaient des raisonnements, émettaient des opinions, vivaient en dessous des faisceaux de l'histoire, et dont j'aurais pu de longues minutes durant m'amuser à imaginer les ressorts de l'existence, leur état d'esprit au moment où la photo fut prise, leur relation avec les autres personnes présentes dans le cadre, tous ces instantanés de vie peuplaient la maison des parents d'Aline, et toutes ces paires d'yeux nous épiaient en train de monter dans sa chambre, où avec une lubricité qui me rendit étranger à moi-même, comme si je voulais faire faire à mon vice ses ablutions, je lui lapai fiévreusement le sexe avant de pénétrer ce dernier et d'y effectuer de virils va-et-vient.

Une fois ses couilles vides, il ne reste plus à l'homme que des sentiments ; parfois c'est agréable, parfois pas du tout. Aline avait enfilé une chemisette blanche, ses seins ronds comme des pamplemousses éprouvaient l'élasticité des coutures. Je ne voulais plus de ces fruits répugnants, plus jamais. Je tirai par les tresses une légère étoffe de coton bleu et blanc, m'en couvris et me repliai en position fœtale. Je priai pour qu'elle ne vienne pas se lover contre moi, ne me mouille de petits bisous dégoûtants. Je pensais à Clémence, et aussi à Marius. Le soleil s'introduisit tout à coup dans la chambre en formant des taches immobiles sur le papier peint ; une belle journée d'été commençait.

18

Lorsque je me réveillai, le drap à mes côtés était chiffonné, encore un peu chaud. Je vis sur la table de nuit un petit mot qui m'était adressé : *Je suis partie au boulot. Roupille bien, petit coquin !* En dessous, Aline m'avait laissé son numéro de téléphone. Je réduisis le papier en boule et le glissai dans ma poche. Je quittai la maison à pas feutrés ; par chance, je ne croisai personne.

Le ciel s'était couvert d'un manteau laiteux susceptible de se déchirer à tout moment. Je me mis en marche, mais les rouages grinçaient de partout. Ma tête était fendue par l'alcool et le cagnard de la veille ; les remords s'engouffraient dans les fissures. Mes avant-bras ressemblaient à de la viande séchée, mes vêtements sentaient la rivière et le feu de bois, mon corps dans son ensemble était encrassé, l'épiderme couvert d'une pellicule de sueur, et peut-être d'autres sécrétions liées au sexe. J'avais la sensation de porter une peau impure, abjecte ; j'étrennais ma couenne de mari infidèle. Je partis en quête de nouveaux habits.

Après quelques minutes d'errance, je reconnus la route qui menait à l'Intermarché. Je gravis sa pente douce en titubant légèrement.

À cette heure (mais j'ignorais quelle heure il était), Clémence et Marius étaient peut-être à Valzin-en-Petite-Montagne, le village jurassien où nous étions supposés passer nos vacances, ou alors à Bruxelles. Peut-être roulaient-ils encore dans notre Peugeot. Je songeai à mon père et à ma mère, à ce qu'ils diraient de moi s'ils avaient suivi ma transhumance grâce aux images d'une caméra embarquée.

Dans les rayonnages dédiés aux produits non comestibles, je palpai d'un œil vitreux une large variété de textiles, tous confectionnés par des petites mains asiatiques. Je me portai acquéreur de deux jeans, deux T-shirts, deux pulls (l'un en coton, l'autre en laine), cinq caleçons, cinq paires de chaussettes et un imperméable.

Je n'avais pas encore spécialement établi de plan de communication, je n'avais pas non plus monté de cellule de crise, au fond je ne connaissais pas mes intentions ; dès que j'aurais dégagé cette gueule de bois, j'y verrais plus clair, à coup sûr. Il m'apparaissait toutefois évident que j'aurais besoin d'un téléphone, au moins parce que ça me ferait du bien, psychologiquement, de savoir qu'à tout moment je serais en capacité d'appeler Clémence et Marius. L'Intermarché proposait à la vente les plus grandes marques ; mon choix s'arrêta sur un modèle particulièrement bon marché.

Je me perdis ensuite dans l'immense dédale. Il m'apparut soudain que c'était dans ce décor que Clémence, depuis des années, travaillait.

« Trois cent quatre-vingt-quatre euros et quarante-cinq centimes », prononça *l'hôtesse de caisse*.

Je venais par mes achats de faire du mal à ce que j'aimais, de provoquer une douleur invisible, des dégâts loin des yeux, car comment savoir ce qu'exactement j'avais contribué à détruire en achetant du textile pas cher et des métaux rares assemblés en Chine, couverts d'une coque blanche étincelante ? Décidément, *faire du mal à ce que j'aimais*, c'était mon nouveau leitmotiv. Je me promis que, à compter de maintenant, je ne payerais plus jamais pour de semblables choses.

De retour dans le centre de Mirebeau-sur-Bèze, je fis l'emplette de quelques vivres à l'épicerie, dont les rayons soigneusement achalandés offraient des produits du terroir, des fruits et des légumes en vrac, de la viande élevée par les agriculteurs du coin, des plats minute dans des bocaux en verre, sans arômes artificiels ni conservateurs.

Je réalisai, une fois sur le trottoir, que la plupart des aliments que j'avais achetés nécessitaient une préparation en cuisine.

Je pris la direction du *Mirebeau*.

Nous devions être aux heures méridiennes car le café-restaurant servait son plat du jour, une entrecôte rôtie avec un gratin de chou-fleur. Les tables sur l'étroite terrasse étaient toutes occupées, je me rabattis sur la salle. La clientèle n'était pas la même que la veille au soir, la moyenne d'âge était encore plus élevée, et l'atmosphère changée, de temps à autre on prononçait des mots sans réel projet de conversation, on découpait son entrecôte comme on aurait caressé son chienchien. Toutefois, certains clients m'adressèrent un sourire, inclinèrent la tête. Un murmure peupla lentement le restaurant. On m'observa avec intrigue choisir une table, déposer mon sac Intermarché et mes provisions alimentaires au pied de la chaise. Une dame aux cheveux courts éleva la voix : « Patricia, tu as un nouveau client, et pas n'importe lequel ! » La serveuse s'empressa de me décliner le menu avec une déférence embarrassante. Je commandai l'entrecôte, non sans insister pour obtenir au plus vite une carafe d'eau.

Un autre genre de clientèle afflua peu à peu, des travailleurs qui profitaient de leur pause déjeuner, des agriculteurs, des artisans et des ouvriers du bâtiment ; une part importante de l'activité humaine qui m'était inconnue. La salle s'anima. J'affectais, face à ce public gouailleur, provincial, chaleureux, des airs empruntés, les yeux collés à mon set de table, craignant par un simple croisement de regards de déclencher une conversation. Plus encore, j'avais peur de tomber sur Aline, qui peut-être m'aurait embrassé, ou sur David, qui m'aurait jeté des picots avec ses yeux. Je me demandais où il avait dormi, et s'il était encore à Mirebeau-sur-Bèze. Je pensais à Marius ; ses hoquets hilares résonnaient dans ma tête.

Mon entrecôte fut servie. Je la tartinai de sauce au poivre.

« Ah, vous revoilà, le Bruxellois. »

C'était le vieil homme élégant. Il portait exactement les mêmes vêtements que la veille et combinés de la même manière, chemise marron, cravate à rayures bleues et grises, pull noir à col en V. Il s'installa à la table voisine et commanda un expresso. « Allongé ? » demanda la serveuse. Il s'agaça de la question, sans que je pusse déterminer si c'était une réaction feinte ou spontanée. « Enfin, ma fifille... Depuis quand ton plus fidèle client prend-il un allongé ? » La serveuse s'approcha de lui d'un air enjoué et, posant le poing sur la hanche : « Je te demande ça parce que je vois que tu aimerais discuter avec ce monsieur, alors si tu veux faire durer le plaisir... »

Il s'appelait Maurice. Il se présenta à moi comme un modeste propriétaire foncier et immobilier, en sus patron de plusieurs commerces dans la région dont l'épicerie où je venais de faire mes courses. « Alors, jeune marcheur, quand vas-tu reprendre la route ? » J'étais mal à l'aise ; la veille, il n'avait pas manqué de s'étonner publiquement de l'itinéraire que j'avais choisi pour me rendre à Biarritz. Je demeurai évasif, prétextant une importante fatigue, un besoin impérieux de me reposer. Il insista, il voulait savoir quelle était ma prochaine étape. J'aurais aimé lui donner le nom d'une localité, mais je butai. Je dis : « Je n'en ai pas la moindre idée. » Je rêvais d'un lit très large couvert de draps frais qui sentaient la lessive arôme pêche. Je rêvais de tranquillité, et je rêvais de mon téléphone à la coque blanche grâce auquel j'obtiendrais des nouvelles de Clémence et Marius. Je rêvais d'une douche froide, une très longue douche froide où faire mes ablutions, une eau purificatrice qui aurait violemment giclé sur mon corps ; je me sentais capable de me rendre au car wash à côté de l'Intermarché et d'exiger un lavage complet de ma carrosserie.

« Ce qu'il me faut, c'est un logement. »

Le regard de Maurice se mit à briller. Il se redressa. « Je m'en doutais ! » Il me fit remarquer que ça tombait bien, il possédait un appartement vacant au-dessus du sien, dans la maison qui abritait également, au rez-de-chaussée, la bijouterie. Cuisine équipée, salon pourvu d'un large téléviseur connecté aux principales plateformes de *streaming*, bureau dans la mansarde, salle de douche, chambre avec dressing et lit double. Comme je semblais hésiter, en tout cas je restais inexpressif, il insista sur l'abonnement aux principales plateformes de *streaming*, manifestement un *must* pour les locataires solitaires.

« Je vous le loue dès aujourd'hui », m'assura-t-il. « D'accord, mais combien ? » Il avait un très grand front sur lequel couraient des rides, et ces rides ondulèrent comme si elles effectuaient un calcul. « Quatre cent cinquante euros par mois. Avec une garantie locative de mille. »

Je payai mon couvert. J'ignorais à quelle vitesse je m'approchais du défaut de paiement, ça me prendrait sans doute par surprise.

La maison de Maurice avait pignon sur la Grande Rue, située sur l'autre rive de la Bèze par rapport au *Mirebeau.* Une porte attenante à celle de la bijouterie débouchait sur un escalier en chêne. L'appartement qui m'était proposé se situait à sa description, et dernier étage. Le bien s'avéra conforme à sa description, même si je fus très peu regardant, je voulais une douche et un lit, rien de plus. Maurice me fit signer un contrat sur la table de la cuisine. J'aurais souhaité que mon père soit là pour le lire, le langage juridique m'avait toujours paru cryptique. Las, je gribouillai un truc au bas du document. « Bienvenue », proclama mon nouveau propriétaire.

Je m'acquittai sur-le-champ de la garantie locative au moyen du petit terminal de paiement mobile qu'étrenna le vieillard.

Fraîchement douché, j'enfilai mes nouveaux habits, le jean à quinze euros, le T-shirt à dix, un caleçon à rayures et des chaussettes unies. Je fixai mon attention sur la boule de vêtements sales dont je m'étais débarrassé avec répugnance, en me demandant ce que j'allais en faire. Non sans grimacer, je l'acheminai jusqu'à la cuisine et la jetai sur le carrelage. J'explorai plusieurs tiroirs avant de mettre la main sur un rouleau de sacs-poubelle. J'en déployai un d'une contenance de cinquante litres et, le dos plié, je fis pénétrer les habits dedans, comme j'aurais emballé le cadavre d'un chat, puis refermai le sac en tirant sèchement sur les poignées. Je descendis les quatre volées de marches et trouvai, dans le cagibi du rez-de-chaussée, un conteneur jaune, au fond duquel je déposai le paquetage pestiféré.

De retour sous les toits, je me glissai dans le lit double ; la lingerie était moche, drap violet et housse de couette vert satin, mais elle sentait bon. Je sombrai dans un sommeil malsain. Je me réveillai à plusieurs reprises avec la désagréable sensation d'avoir interrompu un mauvais rêve. Ma peau produisait un exsudat qui refroidissait aussitôt ; je métabolisais les débords d'alcool de la veille.

Alors que la lumière avait décliné, je fus cette fois tiré de mon sommeil par une énergique érection ; de toute évidence, la coupable se nommait Aline. Je tâchai de ne pas y prêter attention en songeant aux docteurs qui vous déconseillent de vous gratter lorsque vous êtes atteint de démangeaisons. Comme l'enflement persistait, je le traitai par aspersion d'eau froide dans la cabine de douche, et les choses s'arrangèrent.

Je commandai une pizza aux légumes que je vins retirer sur place. L'affable pizzaïolo, dont la présence dans un bourg de si petite taille tenait de la bénédiction, tenta d'engager la conversation avec l'honorable étranger de passage que j'étais. Je grignotai ma pizza devant l'énorme téléviseur du salon. Je mangeais lentement, l'estomac noué, et je zappais d'une chaîne à l'autre en maugréant des commentaires misanthropes. Les gueules défilaient et j'abominais plus que jamais ces effusions de joie factice, la débilité des acteurs ou des invités sur le plateau, leurs petites mimiques empreintes de vanité, leur insouciance, alors que notre société filait un très mauvais coton et que j'étais encalminé au fond d'un canapé ; mépris convenu à l'égard de la *téloche*.

Je dormis lourdement. Je me réveillai à cause des rayons du soleil filtrant à travers les rideaux ; des ombres poussées par le vent s'animaient sur les murs ocre de ma chambre. Nous étions mardi.

La boulangère me reçut froidement dans son intérieur vieillot ; elle me considérait, je suppose, comme un client sans lendemain. En voilà une, me dis-je, chez qui ma réputation ne me précède pas, et ce n'est pas plus mal. J'achetai un mille-feuille, un pain au chocolat et une baguette tradition.

En rentrant, je me rendis à la bijouterie sise au pied de mon appartement. Je voulais la montre la moins chère de la boutique. La commerçante me fit l'éloge du modèle analogique Flik Flak Dinosauritos et son bracelet rouge vif garni de petits dinosaures bleus, quarante-deux euros. « Une montre qui conjugue le savoir-faire suisse avec la mythologie de l'ère préhistorique, et dont le confort au poignet n'est plus à démontrer », appuya-t-elle, non sans ajouter que la boucle ardillon texturée, bien qu'en plastique, était particulièrement reconnue pour sa résistance. Ce dernier argument acheva de me convaincre.

Je mangeai mon petit déjeuner dans la cuisine. Les viennoiseries étaient acceptables, quoique trop sucrées, contrairement à la baguette dont la croûte manqua de m'étouffer. Afin de prêter main-forte à mon estomac qui enclenchait un pénible travail d'assimilation, je me fis couler du café.

En fin de matinée, je retournai sur le ponton, là où nous nous étions baignés l'avant-veille. L'atmosphère s'était sensiblement rafraîchie ; à mon avis, la température plafonnait sous les vingt-cinq degrés, et ce retour à une forme de normalité météorologique inhiba un peu mon mal-être. Je m'assis sur l'un des deux bancs et suivis du regard, sans vraiment leur prêter attention, les canards et les poules d'eau qui circulaient d'une rive à l'autre. Je caressai du pouce à l'intérieur de ma poche mon nouveau téléphone. La voix de David résonnait en moi, je revoyais son expression pudique. *Votre voiture n'était plus sur le parking*. Clémence n'avait donc pas tardé à reprendre le volant, mais pour aller où ? J'étais incapable, parmi les hypothèses qui se bousculaient dans ma tête, d'en sélectionner une en particulier, celle que j'aurais jugée la plus plausible, et d'en tirer le fil scénaristique aussi loin que possible. Clémence avait pris la direction du poste de gendarmerie le plus proche. Non, elle avait poursuivi la route vers Valzin-en-Petite-Montagne, ulcérée, en se disant que je me débrouillerais pour la rejoindre. Non, elle avait décidé, dans un accès de rage, de rentrer à Bruxelles, et advienne que pourra. Non, elle s'était mise à patrouiller à l'intérieur d'un périmètre restreint dont le parking du Bois Défendu constituait le centre, et pendant que Marius pleurait, réclamait son père, criait famine, manifestait son impatience par toutes sortes d'émissions sonores, bref pendant que Marius rendait le voyage de sa mère encore plus cauchemardesque, Clémence roulait au pas, à l'affût d'une silhouette, d'une ombre lointaine qui m'aurait ressemblé.

Je me transportai mentalement à Valzin-en-Petite-Montagne. À cette heure-ci, Marius ferait sa sieste et nous prendrions le café sous un toit de vignes. Nous élaborerions le programme de l'après-midi, les villages que nous visiterions, les animaux que nous ferions voir à Marius dans les alpages ; ce serait l'objet d'un débat indolent, sans aucun danger. Le soir, je débouchonnerais une bouteille de vin, je nous servirais des verres à ras bord. Chauffé par l'alcool, encouragé par la beauté du crépuscule et le dessin des montagnes qui sembleraient me regarder avec compassion, je rassemblerais mon courage et je me mettrais à parler. J'arrêterais de voiler la vérité à Clémence, je cesserais de faire maladroitement mine d'être heureux. Je lui dresserais crûment la liste de mes maux comme un médecin signale vos carences à la lecture des résultats d'une prise de sang. Je lui répéterais qu'elle ne devait pas me prendre pour un fou, j'étais toujours celui qu'elle avait aimé. Ce serait une confession salvatrice, où les choses seraient enfin dites, le tonneau percé jusqu'à ce qu'il se vide de toute sa substance toxique. En cherchant à me figurer la réaction de Clémence, il y eut toutefois dans ma tête comme le son d'un cliquetis... Voilà ce que le transport de mes pensées m'amena à imaginer, et voilà où il me déposa : à une sorte de terminus. Je venais de gagner un espace mental vraiment bizarre, vertigineux, d'où je ne pouvais plus bouger, mais qui offrait une vue panoramique sur une réalité si effroyable que j'aurais pu perdre aussitôt connaissance, une réalité qui en même temps tombait sous le sens, comment avais-je pu y rester aveugle ?

Davantage qu'une réalité, c'était une vérité. L'autre moitié de la vérité, la jumelle de la mienne. Je me repassai le film de notre voyage depuis Bruxelles jusqu'au parking du Bois Défendu, et tout s'éclaircit, et tout s'enténébra. Moi en train d'entrer dans la Tesla, et qui crois être resté hors du champ de vision de Clémence. Moi qui réapparais au pied du talus, et Clémence qui comprend que les compteurs sont remis à zéro. Elle, dans le motel, qui veut faire l'amour une dernière fois, puis qui prétend sortir pour admirer l'orage, une biche prise dans les phares d'une voiture. Et elle qui éprouve peu après moi combien le déchirement est insoutenable, une délivrance incertaine qui fait bien trop mal, mais dont la nécessité revient par vagues submersives. Et nous qui nous épions dans le magasin d'animaux en résine, nous qui nous sommes tant aimés, qui nous aimons encore, et qui guettons chez l'autre un moment d'inattention pour pouvoir le trahir, accéder à la liberté totale qui, à cause de Marius, n'est disponible qu'à l'un de nous deux. Marius qui défonce un blaireau en plâtre, qui par cette maladresse reporte l'acte final, le terme de l'unité. Marius, marionnette de nos névroses d'adultes, dont on avait déclenché ensemble la fabrication et dont on cherchait séparément à se débarrasser. Et moi qui enjambe les arceaux d'épines à l'orée d'une forêt pendant que Marius, l'être qui m'est le plus cher au monde, qui compte tenu des circonstances supplantera vraisemblablement Clémence au titre d'*amour de ma vie*, m'appelle comme en réponse à un défi, la culotte aux chevilles.

Et Clémence, défaite, peut-être déjà jalouse — elle qui n'a jamais connu ce sentiment —, et en même temps écœurée à tout jamais par la méthode que je viens d'utiliser, qui réinstalle Marius dans son siège, roule jusqu'à la sortie suivante, passe au-dessus du pont et reprend l'autoroute dans l'autre sens, direction Bruxelles.

J'étais allé trop loin, comme un suicidaire à qui il ne manque plus qu'un cachet pour réussir. L'esprit peut tout dans le silence, construire et détruire ce qu'il veut, jusqu'à supprimer ses propres capacités à générer de l'activité. Je me sentis bercé par une sensation étrangement bienfaisante, une invitation au repos de l'âme.

Lorsque je me ressaisis, j'étais toujours seul sur mon banc, le corps vacillant. Je crois même que j'avais la chair de poule, c'était presque anachronique après tant de jours de grande chaleur. J'appris en consultant ma montre Flik Flak Dinosauritos qu'il était midi passé de dix minutes.

Les canards cancanaient pour un motif qui m'échappait, et l'herbe par-delà les touffes d'orties et les peupliers, sur la rive opposée, se couchait au gré d'un vent caractériel. Redressé sur mon banc, je fus enveloppé d'une certitude rassurante, comme toutes les certitudes, et un peu terrifiante. Au bout du compte, j'avais pris la décision qui s'imposait, la meilleure qui soit. J'avais même un faible goût de victoire dans la bouche, et déjà mon sentiment de culpabilité s'allégeait. Sans mon moment de courage, je serais resté sur le carreau, incapable de subvenir aux besoins de mon garçon, socialement humilié, et à moitié libre seulement, car il y aurait toujours eu Marius à qui j'aurais dû m'efforcer de donner le change. Non, je resterais ici aussi longtemps qu'il le faudrait, jusqu'à ce que je sois guéri.

Je resterais ici, dans ce gros bourg où ma cavale hasardeuse m'avait mené, et je vivrais de peu, un loyer modeste, les allers-retours à l'épicerie, des séances de méditation sur ce ponton, la lecture de livres pris dans la bibliothèque de mon propriétaire, et qui sait si mon envie de me produire sur scène ne se réveillerait-elle pas, ne donnerait pas lieu à de nouveaux petits sketchs que j'écrirais couché sur mon lit à la housse de couette vert satin, au drap violet.

Je n'avais dès lors plus qu'une formalité à remplir, renouer le contact avec Clémence et l'informer de mes intentions. J'allumai mon téléphone. La *prise en main* fut laborieuse et exaspérante, le système d'exploitation voulait tout savoir de moi. Il me faisait croire que j'avais le droit de dire non, mais lorsque je marquais vraiment mon désaccord, la procédure était aussitôt interrompue. Vas-y, prends, prends tout s'il le faut ; tu n'auras rien, je serai ton client le moins actif d'Europe occidentale, et peut-être au-delà. J'introduisis ma carte SIM française, téléchargeai WhatsApp et entrepris d'écrire un message à Clémence, que je voulus le plus synthétique possible, sans trop d'épanchements car c'était comme dans les tragédies grecques, le supplice par sa superficie se suffit à lui-même. De surcroît, j'étais le vainqueur, et les champions savent bien qu'en baissant la tête ils magnifient leur triomphe. « Clem, c'est Paul, j'ai chopé un numéro français. J'ai échoué par hasard dans un village paumé près de Dijon. Tout va bien… enfin non, tout va mal, mais je veux dire, je suis à l'abri du danger. » Je séchais un peu sur la suite, alors que l'essentiel n'avait pas encore été dit ; par commodité, je lui expédiai ces quelques lignes avant d'attaquer le morceau principal. Un signal m'indiqua qu'elle venait de me lire, et puis un autre qu'elle était déjà occupée à me répondre. Je connus une immédiate paralysie dactylographique. Au lieu de poursuivre ma communication, je relus ce que je lui avais envoyé et je m'aperçus que je n'avais parlé que de moi. Ses premiers mots ne tardèrent pas à gicler. Elle m'envoya un langage haché, des bouts de phrases qu'elle canarda à la volée et qui vinrent se coller à mon écran parfaitement propre, et cette cadence avait pour but de prendre le contrôle total du discours.

Je suis soulagée de te savoir en bonne santé
MAIS
maintenant TU TE TAIS
n'écris plus rien
l'humiliation est si forte
qu'elle écrase tout le reste
l'envie de savoir pourquoi
et où, et ce que tu vas faire
et pour combien de temps
ne me contacte plus
JUSQU'À NOUVEL ORDRE !
jusqu'à ce que je me sente prête
si ça doit venir un jour
tu n'imagines pas ma rage, mon ahurissement
Mon envie d'être à ta place
(c'est un autre sujet)

c'est incroyable comme je t'aime
mais surtout, et ça c'est nouveau, comme je te déteste
Silence silence silence c'est tout ce que je te demande

Il y a des gestes qui nous semblent parfois guidés par une instance extérieure qui sait les choses. C'était vrai pour ma fugue, c'était vrai pour cette espèce de poésie en prose instantanée que Clémence venait de faire érupter et qui me commandait le silence. La plupart des femmes auraient sans doute réagi autrement, mais Clémence était spéciale, je ne saurais jamais si c'était dû à son tempérament naturel ou à la déviation psychologique provoquée par la mort de ses parents, puisque je ne l'avais connue qu'orpheline. Il lui était de toute façon moralement impossible de sécréter de la haine pure : à peu de chose près les rôles auraient pu être inversés. Quelque part, tout ça donnait du sens à ma vie nouvelle. Il valait mieux, pour réussir à se débarrasser de son mal-être, que tout ce qui vous précédait disparût de force.

19

Les semaines passant, ma surface financière avait fondu comme du beurre ; je devais gérer mes dernières noisettes à la manière d'un écureuil. J'achetais le pain en réclame que la boulangère bourrue liquidait à la fermeture, de menues provisions à l'épicerie, du savon, du dentifrice et le strict nécessaire de médicaments à la pharmacie. Je payais mon loyer avec deux ou trois jours de retard, ainsi que les charges d'eau et d'électricité, évaluées par mon propriétaire selon une méthode de calcul dont il avait le secret ; Maurice venait réclamer son dû par quelques coups nets frappés à la porte, et les rides qui zébraient son front n'étaient pas seulement le témoignage des âges qui s'y étaient superposés comme les couches d'une calotte glaciaire, mais aussi des tourments qui agitaient le personnage, et des idées qui s'y entrechoquaient.

Pour mesurer l'écoulement du temps, je pouvais également m'appuyer sur la dégradation de mon apparence physique. Je m'efforçais de me brosser les dents au moins une fois par jour, mais je n'avais plus le courage d'employer un fil dentaire ; je pensais souvent à ma dentiste, qui aurait été un peu déçue. Je prenais deux ou trois douches par semaine en me savonnant précipitamment avant de couper le robinet net, comme si l'eau eût menacé à tout instant de se transformer en acide sulfurique. Ma barbe poussait, mes cheveux s'encrassaient ; je retardais l'achat d'une lame de rasoir, d'une mousse et d'un shampoing. À force de rationner mes repas, je perdais du poids, et lorsque par malheur je croisais Aline dans la rue, je ne lisais plus du désir ou de la rancœur dans son regard, mais de l'inquiétude, et d'autres choses que l'on réserve normalement aux indigents.

Pour m'assurer d'être encore *vivant*, comme on pose ses doigts sur le poignet d'un vieillard endormi pour sentir son pouls, je m'adonnais à quelques rares séances de masturbation, mais pratiquées d'un mouvement penaud, tel un piston triste, et qui laissaient instantanément place au vide — un immense plaisir aussitôt suivi d'une immense peine, une saute d'humeur extrême que seuls connaissent les très jeunes enfants.

Le village assistait à ma claustration avec une réprobation grandissante. Les habitants se disaient sans doute que j'avais lâchement abandonné ma route à pied vers Biarritz ou, pire, que je leur avais menti à tous, je ne venais pas de Bruxelles et je n'avais nulle part où aller. Prétendument riche, j'étais en vérité un saltimbanque sans le sou.

Je me rendais tous les jours sur le ponton en bord de Bèze. Assis sur l'un des deux bancs comme sur un prie-Dieu, je me surprenais parfois, à la sortie d'une longue séance de méditation, dans une posture de martyr, l'air un peu pénétré. Certains matins, un crachin vaporisait le village, une brume presque translucide nimbait la surface de la rivière. À l'approche de l'automne, ma chapelle m'étreignait dans son atmosphère sépulcrale. Je ramassais une canette de Fanta raplapla sur le ponton et, avec la dévotion d'un sacristain, la conduisais à la poubelle la plus proche. Un de ces jours pareils aux autres, je fus accablé par un pressentiment qui me tomba dessus comme ça, à la vue d'un canard qui s'ébrouait après une agréable baignade.

Et s'il était arrivé quelque chose à Marius ?

Clémence, mes parents, mes amis auraient essayé de me joindre ; cette litanie d'appels en absence aurait servi de musique funèbre et de faire-part de décès. Je n'allumais mon téléphone que deux ou trois fois par semaine, il se perdait souvent dans mes affaires. Je m'autorisais une négligence dont beaucoup de gens rêvaient quotidiennement, gavés de leurs écrans. L'envie d'écrire à Clémence me prenait moins fréquemment. Le besoin de savoir se tassait un peu avec le temps, c'est un phénomène normal.

À cette heure, Marius devait être à la crèche. Un peu plus tôt Clémence l'avait tiré du lit, habillé, nourri d'un porridge aux fruits secs, aidé à enfiler ses bottes qu'il voulait porter en toutes circonstances, et peut-être avait-il abandonné sa petite vache mauve, peut-être avait-il adopté une autre peluche, la première créature nouvellement apparue après mon évasion. Il ne réclamait plus son père depuis un moment. Le mot *papa* disparaissait peu à peu de son vocabulaire. J'étais une réalité encore prégnante en lui, mais trop distante au quotidien pour la nommer. Je m'efforçai de ne pas visualiser l'ombre qui devait passer dans son regard de petit garçon lorsque d'autres enfants prenaient leur père par la main. Je me tapotai les tempes pour modifier le courant électrique qui remuait mes neurones ; le voltage diminua d'un coup. Non, tout allait bien. Marius était en train de confectionner je ne sais quel bricolage, ou de faire je ne sais quel dessin, qui bientôt prendrait les contours de l'impardonnable déserteur.

Sur l'autre rive, loin derrière les jeunes bouleaux qui piquaient de travers le terrain vague comme des javelots fichés au sol, je croyais apercevoir des silhouettes, avatars des êtres qui avaient peuplé les derniers jours de ma vie normale. Un coup c'était celle de Clémence, un autre celle de David. Elles semblaient s'enfoncer dans le filet de brume, s'évanouissaient aussi vite qu'elles étaient apparues. Comme une vision christique, impossible.

Mes parents m'appelaient au moins une fois par semaine. Ils voulaient à tout prix me rendre visite, je leur défendais de venir. Il ne fallait surtout pas entraver mon processus de dépouillement sentimental et matériel, je devais aller au bout de mon idée si je voulais réussir à tuer mon mal-être. Ils recouraient à diverses méthodes pour tenter de me faire capituler. Je les suppliais d'arrêter, je leur disais que la meilleure manière de m'aider, c'était de me laisser seul dans ma taupinière. Prenez soin de Clémence et Marius, par pitié entourez-les de toute votre affection, mais fichez-moi la paix.

Un matin Maurice vint m'apporter une lettre, et mon cœur se contracta instantanément. Il y avait des années que j'avais cessé de correspondre par courrier postal, qui donc avait fait parvenir cette lettre jusqu'à moi ? Et pour m'annoncer quoi ? Je parle d'une lettre, mais il s'agissait plutôt d'un paquet, un *post-pack*, comme on disait dans mon jeune temps. L'ouverture s'avéra laborieuse à cause de ma nervosité galopante et du *motherfucking* scotch qui emmaillotait la petite caisse en carton. J'y trouvai une enveloppe dissimulée dans un tas de friandises colorées. Je déballai une sucette à la pomme. Je décachetai la lettre, deux feuilles A4 à lignes pliées identiquement en trois. Je reconnus l'écriture de ma mère, écrasée, avare en courbes, gloutonne dans son occupation de l'espace, sans respiration ; et, en fin de courrier, celle de mon père, succincte, grosse, comme augmentée par une loupe. Ma mère avait toujours compensé son absence dans ma vie par ses bavardages dans les SMS ou les courriels qu'elle m'adressait ; c'était l'inverse pour mon père.

Mon petit Paul chéri,

À ces mots, je versai un pleur. Depuis combien de temps ma mère ne m'avait-elle plus appelé de la sorte ?

Tu ne rêves pas : un *postpack* ! Un bon vieux *postpack* avec tes bonbons préférés, comme du temps des colonies de vacances… Je sais, tu n'es pas dans la période la plus heureuse de ta vie, et moi je commence ce courrier en rappelant à ta mémoire l'un des pires souvenirs de ton enfance, les stages d'été en internat, avec les aînés qui te martyrisaient, et tous ces sports que tu détestais pratiquer… Tu pleurais, tu pleurais, tu voulais rentrer à la maison, les monos nous appelaient pour qu'on vienne te chercher, mais nous n'avons jamais cédé. Pour te donner du courage, on t'envoyait des *postpacks*, et tu me disais après : Maman, c'est la seule chose qui m'ait consolé. Alors voilà, j'imagine que ces dernières semaines tu pleures encore beaucoup, j'ai donc eu l'idée de t'envoyer des bonbons. Ah, si j'avais su plus tôt que tu étais malheureux, que l'état du monde te désolait à ce point ! Eh bien, qu'aurais-je fait ? Je n'en sais même rien. J'ignore quels sont les mots pour te guérir de ce spleen. Je ne suis pas psychiatre et je ne suis pas ta femme. Autour de moi, les gens me disent : Tu dois en vouloir terriblement à Paul ! Tu dois vouloir le répudier, le déshériter — ou alors le plaindre comme le plus maudit des hommes ! Non, rien de tout ça. Je ne me résoudrai jamais, en tant que mère, à condamner mon seul fils au motif qu'il s'est senti accablé par la société dans laquelle le hasard du destin l'a placé. À ce que je sache, tu n'as tué personne et tu es épris de nobles causes. En politique, j'ai appris à composer avec les erreurs, et surtout à déplaire aux gens au nom d'une finalité supérieure. J'ai appris à décevoir et même à blesser. Mais je l'ai fait avec des mots et ces mots, je les ai fait suivre d'actions. Or toi, mon petit Paul chéri, tu n'as jamais exprimé le fond de ton mal-être, ni à tes amis, ni à tes parents, ni surtout à Clémence. Il a fallu que tu prennes tes jambes à ton cou, lâchement, pour que tu sois enfin disposé à nous expliquer au téléphone ce qui se passait dans ta tête, pour qu'on en prenne la mesure. Et maintenant que tu es parti, quelles sont tes actions ? On dirait que tu portes le poids du monde à toi tout seul. À quoi cela sert-il d'être jeune et idéaliste si c'est pour regarder l'histoire défiler sous sa fenêtre ? Mets-toi vraiment en colère et mobilise-toi ! Ah, Paul, j'aimerais te revoir, te border, te donner de la joie... Je n'ai trouvé qu'une seule façon de supporter ta disparition, c'est d'imaginer le jour de ton retour, quand tu sonneras à notre porte et que je serai là, et que je te verrai, et que le grand garçon que je prendrai très fort dans mes bras aura changé, il aura perdu beaucoup de choses mais il aura rapporté une vérité, je ne sais pas exactement laquelle, celle qu'il lui fallait pour poursuivre sa vie. Tu m'as souvent manqué depuis ta naissance ; à cause de ma carrière, à cause de mon désir de courir le monde, je ne t'ai pas assez vu, mais jamais je n'aurais imaginé que ton absence me coûterait autant de douleur, alors que tu as l'âge que tu as, que tu es toi-même le père d'un fils.

La suite était du même acabit ; à cause de l'émotion, la lecture m'occupa un long moment. Le bâtonnet de ma sucette à la pomme fut pris dans un épais filet de morve. Quant à mon père, sans doute pour ne pas répéter les propos de ma mère, il avait exclusivement orienté son message sur mon avenir professionnel.

My boy, my dear boy, quelle histoire, hein ? Bon, tu me connais, je ne suis pas du genre à m'épancher sur mes sentiments. Je me contenterai d'un seul sujet : ta carrière d'humoriste. Ta carrière, Paul, bon sang ! Il y a bien un moment où tu auras retrouvé de la force, peut-être même que ça viendra très vite, peut-être même dans le trou où tu t'es terré. Profite alors d'avoir du temps devant toi, peu d'obligations et de contraintes, pour écrire en paix et me sortir des sketchs du feu de Dieu ! Oh là là, ce que j'aimerais que tu y parviennes… Tu sais, envers et contre tout, je continue de croire en toi. Tu ne quittes jamais vraiment mes pensées. Je t'embrasse, *my boy.*

Papa

Faute de place au recto de la deuxième feuille, mon père avait gribouillé un post-scriptum au verso :

> P-S : Ta disparition doit susciter une sorte de fascination morbide dans ton cercle de supporters, car il ne me reste plus aucun mug ni aucun T-shirt à ton effigie ! J'ai encore deux ou trois caisses de bandanas, mais au rythme où ça va, quand tu liras cette lettre ils auront tous été vendus.

Acculé financièrement, je finis par rendre visite à Maurice, à l'étage du dessous. Il n'était pas question de me complaire dans la déchéance, je n'étais pas ce genre de type ; mon optimisme congénital frétillait encore un petit peu. Alors que c'était le vieux maquignon, eu égard à son âge, qui était censé dégager un léger fumet, je le devinai quelque peu incommodé par la pestilence qui émanait de ma personne malgré les soins que je lui apportais dans la mesure de mes moyens. « Désolé, je pue un peu la merde », lui dis-je, mais cette déclaration ne fit qu'enfler le malaise.

Il m'installa dans son salon, composé d'un fauteuil à bascule, un vaisselier, une petite télévision cubique, un tapis oriental et deux tabourets tripodes ; les murs étaient sommairement ornementés. « Tout se passe bien, en haut ? » me demanda-t-il de sa voix rocailleuse et amicale. Je le rassurai immédiatement ; oui, tout se passait bien. Seulement voilà, je n'avais plus un balle. Il me fallait un job, n'importe quoi. Maurice était déjà en train de déployer sur son tapis oriental une carte de Mirebeau-sur-Bèze. J'étais stupéfait par son inclination à anticiper mes besoins ; son regard rusé, parfois voilé d'une lueur sournoise, était le reflet d'un sixième sens. Nous passâmes en revue tous les commerces du village, identifiant ceux qui cherchaient à embaucher du personnel et pour lesquels j'avais des compétences à faire valoir. Finalement, notre choix s'arrêta sur le bureau de poste, où je déposai aussitôt mon C. V.

Quelques jours plus tard, le directeur m'embaucha pour un contrat de remplacement à temps partiel, l'une de ses employées étant en arrêt maladie. Je dus rapidement jongler avec des colis Amazon, DHL, Zalando, Decathlon, des cartons que les clients venaient retirer ou retourner au motif que l'article ne leur plaisait pas, et je me perdais dans la grille des tarifs appliqués suivant leur poids et leur volume. La quantité de ces boîtes issues de la grande distribution me donnait la nausée.

De jeune espoir de l'humour dans une prestigieuse salle de spectacle parisienne, j'étais devenu guichetier au bureau de poste de Mirebeau-sur-Bèze. Je parvenais à émettre de temps en temps quelque blague à destination de la clientèle, et l'on riait de bon cœur dans la file d'attente.

Après mon service au bureau de poste, je marchais sous les platanes roux, bientôt nus, de la place principale, et je gagnais à la hâte le ponton. Je m'asseyais toujours sur le même banc. Une rombière passait parfois avec son pékinois ou son shih tzu à couettes, une joggeuse franchissait le pont et s'enfonçait dans les prés. Les canards déclenchaient des ondulations. Le temps s'écoulait, et Clémence et Marius vivaient sans moi. Ils faisaient des rêves où j'étais parfois présent. Ils rencontraient des personnes que je n'avais jamais vues. Ils ressentaient des émotions dont je n'étais pas responsable. Marius pleurait à chaudes larmes, riait aux éclats. Il grandissait sous la protection d'une mère qui avait cherché à l'abandonner quelques semaines plus tôt, dans l'ignorance de ma nouvelle existence, de qui j'étais vraiment. Il n'avait pas besoin d'un père pour poursuivre son apprentissage de la vie et connaître la joie, encore moins d'un père en proie aux pires tourments. Il tombait parfois sur une photo de moi, par inadvertance, en jouant avec le téléphone de Clémence, en feuilletant les albums de mes parents, et je ne sais pas ce qui se passait alors. J'avais brutalement interrompu la transmission. J'avais sectionné ce qui nous avait fusionnés dès sa naissance. La déflagration se ressentirait plus tard, lorsqu'à l'âge adulte il irait consulter un psy, et que ce psy trouverait dans ma disparition l'explication de bien des choses. Quant à Clémence, elle me manquait, elle me manquait atrocement. Il avait suffi de l'abandonner pour en être amoureux comme au premier jour, éprouver la jalousie d'un jeune amant. Je n'avais plus aucun droit sur elle. Je n'avais plus d'influence sur sa manière d'être et de penser, ou alors seulement dans ses souvenirs, et je serais bientôt amené à comprendre que ces souvenirs avaient pour vocation d'être profanés.

Des jours passèrent encore, la luminosité baissa obstinément ; le soir, la nappe de nuages se teintait d'un affleurement orangeâtre et je guettais le dépôt des premiers flocons sur les toits. Des agents municipaux avaient suspendu des guirlandes de lumières d'un bout à l'autre de la Grande Rue. Lorsque je l'empruntais, il arrivait que les portes d'un commerce s'ouvrent sur mon passage et dégorgent de mélodies de Noël. Plus que tout, je redoutais l'imminence des fêtes ; la solitude me terrasserait. Sur le ponton, je chassais du bout des doigts le givre qui couvrait mon banc, je retardais l'instant où j'allumerais mon téléphone en perdant mon regard dans les imperceptibles remous de la rivière, confondus avec l'obscurité du jour mourant.

Un soir, je l'allumai, et au lieu de l'habituelle déception, je vis pour la première fois depuis des lunes une pastille verte briller à côté du nom de Clémence et de la photo qui lui servait d'icône. Le chiffre 1 s'affichait à l'intérieur de la pastille, signifiant que la conversation contenait un nouveau message. Mon cœur affolé repoussa l'haleine glaciale de la Bèze. Je lus :

Salut Paul. Je suis maintenant prête à te parler.

À en croire l'heure mentionnée, le message venait de m'être expédié ; je faisais irruption par coïncidence dans un grand déballage en amorce.

Je vis alors apparaître une indication générée par l'application de messagerie, Clémence était en train de se remettre à écrire.

20

« Certains couples éclatent dans les insultes et les cognements ; le nôtre s'est désintégré sans un mot de travers, amoureusement. J'ai été programmée pour vivre seule, ou pour vivre avec tout le monde, et tu as démenti cette prophétie. Tu as été une longue anomalie dans ma vie amoureuse, qui ne se reproduira pas. J'ai commencé à fréquenter quantité d'autres hommes, et aussi quelques femmes, mais aucune histoire n'égalera la nôtre. Je t'ai aimé et je t'aimerai encore pour un temps qui m'apparaîtra excessivement long. Nous vivrons à distance les âges qui nous attendent, de moins en moins soutenables. Tu resteras incrusté en moi. Je me sentirai toujours aliénée à ton souvenir. Comment pourrait-il en être autrement alors que notre longue union fut la source d'émotions violentes et rares, liées au sexe, à la procréation, à la dépendance des sentiments ? Alors que Marius, durant de nombreuses semaines, m'a fait vivre un enfer presque chaque nuit, perturbé par la volatilisation du premier héros de sa vie ?

« Ces quantités d'autres hommes dont je te parle viennent à la maison une fois Marius au lit, individuellement, ou parfois en très petits groupes. Je me demande souvent pourquoi avoir attendu toutes ces années, quand les plaisirs sont dans la nature, disponibles gratuitement, autorisés par la loi, et qu'ils ne font de mal à personne — ou bien à toi, à cause de la jalousie, mais la jalousie n'est rien d'autre que le produit d'un conditionnement culturel. Passé le stade de l'amour passionnel, il suffit d'observer la jalousie de loin, caillou inutile qui nous encombre la tête, pour s'en délester. Tu te souviens du titre d'un livre qui a longtemps traîné sur ma table de nuit ? *Le Désir, énergie du monde*. Durant nos dernières années, je me suis sentie prisonnière de toi. Je ne supportais plus l'idée que mon corps soit ta propriété exclusive. Je me suis sentie prisonnière de Marius, à cause de ce statut de mère qui ne me convient pas. Vous avez été, homme et fils, deux mâchoires qui se sont tendrement refermées sur moi. J'ai cherché à m'accomplir pleinement. Tu as pris mon initiation au tantrisme pour une lubie éphémère, une passade ésotérique afin de titiller l'ordre établi. Mais non, j'ai ressenti une révélation intime, le genre de métamorphose de l'esprit qui ne survient qu'une ou deux fois dans l'existence, le plus souvent jamais. Après m'être délivrée d'une bonne part de mes pensées parasites, il ne m'est resté que l'essentiel, à savoir la nature. Le vivant. La vérité éternelle qui émane du courant de la rivière, du souffle du vent.

Les plantes, les bêtes, les humains, sans classification. Moi, mon corps, dans toutes ses possibilités. J'éprouvais la sensation d'être à la fois primitive et incroyablement évoluée, parvenue à l'avant-dernier stade de l'émancipation. J'avais trouvé, par le fruit d'un travail mystique bien plus rigoureux que tu n'as pu l'imaginer, une réponse satisfaisante au malaise que suscitait en moi l'état de la société. Le processus de destruction de tout ce qui nous entoure. L'anéantissement global annoncé. L'accomplissement de la pensée logique de l'homme. Je me suis fabriqué un genre de tambouille spirituelle à la frontière entre la rationalité scientifique et l'activisme sensoriel, pour affronter la grande tragédie de notre temps. J'ai mis un moment avant de m'avouer que j'affrontais en arrière-plan une autre tragédie, intime celle-là. Tu vas peut-être me prendre pour une sorcière, mais en convoquant le langage immémorial du tantrisme je me suis persuadée d'avoir rétabli le contact avec mes parents. Je ne les vois pas, mais je les entends de nouveau. Ils me disent des choses. Ils m'encouragent. Ils m'ont conseillé de partir. Ils m'ont convaincu que c'était la seule façon de consolider ce sentiment de paix entre moi et le monde, de le rendre parfaitement insoumis. Peux-tu imaginer ce que c'est que de sentir la présence de son père et sa mère à côté de soi, douze ans après leur mort ?

« J'ai cru que j'y arriverais la nuit de l'orage, dans notre motel de banlieue. Je me serais dépouillée, poursuivant ma mutation entamée timidement avant notre départ pour Valzin-en-Petite-Montagne. J'aurais fait plus ou moins comme toi, à peine quelques fringues, la Peugeot au rebut, peu d'énergie brûlée dans l'espoir d'un bonheur sans matière. Mon regard vert se serait durci, mes cheveux seraient devenus indociles, et d'autres changements auraient vandalisé mon enveloppe de jeune mère bien comme il faut, l'extérieur aurait enfin ressemblé à l'intérieur. Il en a été autrement, par ta faute mais aussi par la mienne, à cause de ma faiblesse de cœur. Depuis ton départ, je suis condamnée à profiter d'une liberté nouvelle, mais altérée. Je dois, seule, élever Marius. Je suis vue comme celle qui a été abandonnée. Je n'ai pas le luxe de pouvoir quitter un environnement de travail qui se heurte à mon nouveau traité spirituel. Je m'estime encore bien trop éloignée de L'ESSENCE DE LA VIE TERRESTRE telle que je l'ai découverte grâce au tantrisme. Je demeure engluée dans notre milieu social perclus de normes castratrices, entourée d'un petit monde aveugle et idiot qui poursuit avec hâte l'extinction du vivant, le triomphe anticipé de la destruction sur la création.

« Au croisement de l'amour et de la rancœur, je sais que je renfermerai pour toujours des petites traces de culpabilité. J'avais bien sûr remarqué que tu prenais l'eau peu à peu, un humoriste qui a touché la gloire du bout des doigts et qui finit barman ne peut être vraiment heureux. Il ne m'avait pas échappé que ton humour ne marchait plus comme avant, que tu n'essayais même plus de le faire marcher. Quelque chose était rompu. J'avais perdu celui que j'avais admiré pour son énergie, sa fantaisie farouche, la maîtrise qu'il exerçait sur son destin. J'héritais à la place d'un père au foyer qui ne savait plus quel rôle jouer dans ce bas monde, comment faire pour utiliser à bon escient cette fraction de temps infinitésimale que représente une existence humaine. J'avais la sensation, les rares fois où j'ai tenté timidement d'approcher par la conversation le noyau de ton mal, de m'adresser à une pierre. Tu devenais comme tous ces hommes qui, en vieillissant, n'évoquent plus ce qui leur tourmente l'âme, encore moins dans l'intimité du foyer. Je ne m'en étais pas trop formalisée, et je crois savoir pourquoi. J'étais tout entière occupée par ma révolution intérieure. Je n'avais déjà pas assez de temps pour moi, trop peu pour Marius, alors pour toi...

« Il a fallu que tes parents m'expliquent tout pour que je prenne la mesure de l'épouvantable gâchis.

« Perversité du hasard, j'imagine que toi et moi nous avons été attirés au même moment, chacun dans le repli le plus immoral de ses pensées, par un chemin de fuite qui démembrerait notre famille, et l'appel avait une provenance commune, qui touche à l'état du monde, à la tournure insupportable que prend notre siècle. Si nous en avions simplement parlé, tu crois que nous serions restés ensemble ? Nous aurions sans doute changé brutalement de façon de vivre, mais oui, nous serions restés ensemble. Un bonheur d'une profondeur insoupçonnée nous attendait peut-être. Au lieu de quoi, nous avons chacun comploté une trahison. Et le reste, ce qui était dit, les paroles qui affleuraient à la surface, avait pour but de faire comme si de rien n'était. Nous nous sommes retranchés derrière les futilités de notre condition domestique, de peur d'un bouleversement. Notre couple était déjà peut-être trop vieux, né trop tôt, pour se réinventer.

« Il neigeote à Bruxelles, et dans ton bled ?

« Je ne sais pas toi, mais moi, je ne me rappelle pas avoir été si heureuse de voir les jours au plus court, les gelées la nuit, tout ce qui s'oppose au souvenir de notre dernier voyage. »

21

Je relus les derniers paragraphes écrits par Clémence pour que la douleur infuse encore un peu et qu'elle finisse son œuvre. Tout ça sonnait peut-être comme un *épouvantable gâchis*, mais je ne pouvais m'empêcher de voir dans la désintégration de notre couple le fruit d'une réussite personnelle, au moins partielle, qui avec le temps s'étendrait et deviendrait totale, irrévocable. Clémence et Marius finiraient même par me témoigner une espèce de gratitude un peu pudique. Mon effacement leur procurerait tôt ou tard plus d'avantages que d'inconvénients. Marius se trouverait d'autres figures paternelles, des types *réellement* joviaux et psychiquement recommandables. La radicalité de Clémence l'emporterait, je lui faisais confiance pour ça. C'était maintenant surtout pour moi que je devais m'inquiéter. J'avais beau enfin *vivre ma pensée*, j'avais trouvé à Mirebeau-sur-Bèze une réalité encore plus pénible à supporter que la dégradation de la nature terrestre. Je risquais de m'éterniser dans l'attente d'une fin, et cette fin ne viendrait probablement jamais, et l'amour — non pas en tant que réalisation mais en tant qu'échec — l'amour prendrait un malin plaisir à me rappeler sa toute-puissance.

Je demeurai sur le ponton jusqu'à ce que le froid engourdît mes pensées. La douleur physique s'était substituée aux tourments de l'esprit. Mes forces me quittèrent, ainsi que les quelques propriétés qui faisaient de moi un être humain. Je n'étais plus doué de conscience ; j'étais simplement un corps constitué de chair et d'eau. Les émanations de la Bèze avaient déposé des cristaux de glace sur mes cheveux, cette tignasse autrefois retenue par un bandana ridicule dont mon cercle de fans s'arrachait les copies. Bizarrement, malgré mes gelures aux doigts, je n'avais pas envie de rentrer. Marius avait été le dernier lieu où j'avais parfois trouvé refuge, à présent c'était ce ponton, et tout ce qui bougeottait autour, les canards, les buissons d'orties, les peupliers et les bouleaux sur l'autre rive ; des êtres couverts de givre qui me voulaient du bien.

22

Je me présentai chez Maurice avec une bouteille de champagne et un sachet de crackers au gruyère. Le vieux maquignon avait érigé dans son salon un petit sapin synthétique autour duquel tire-bouchonnait une guirlande multicolore. Le pied était dépourvu de cadeaux.

Je ne pensais pas beaucoup à Clémence et Marius. *Un homme* les avait peut-être reçus chez lui, nourris d'une poêlée de coquilles Saint-Jacques et d'une pintade rôtie à l'ail, couverts de cadeaux ; Marius avait hérité d'une nouvelle boîte de crayons pour ses coloriages, de son premier vélo. Tandis que nous suçotions mes crackers au gruyère, une injonction me revint avec insistance et généra un peu d'activité en moi, comme une petite braise qui prenait de la vigueur au milieu des cendres, qui n'existait et ne s'attisait que parce que le reste était ruines : l'injonction de ma mère dans sa lettre, *mets-toi vraiment en colère*. Cette petite braise n'avait pas la vertu de me ramener intacts ma femme et mon fils que j'avais abandonnés cinq mois plus tôt, mais elle consuma en un éclair mon autre chagrin, celui qui m'avait conduit ici, qui avait présidé à tout le reste. Ce que j'attendais depuis des semaines et que je n'espérais plus venait d'advenir. Ce fut un tremblement intérieur que Maurice ne put percevoir, et même s'il avait activé son espèce de sixième sens, jamais il n'aurait correctement interprété le remuement anormal de mes lèvres, le mouvement nerveux de mes mains, mon regard un peu absent pendant qu'il m'entretenait des commerces qu'il devrait bientôt fermer à cause de la crise, des quelques terres qu'il devrait vendre. Cette fois je l'avais détruit, ce petit coquin de chagrin ; un autre sentiment prenait déjà sa place. Y avait-il eu entre les deux règnes une nanoseconde durant laquelle je n'avais plus été le sujet de rien ?

Et maintenant qu'il était détruit, il me semblait enfin discerner ce que je venais de faire cesser de vivre.

23

Le chagrin moderne était un état gazeux, un sentiment de tristesse et d'abattement indéfinissable, brouillardeux, et pourtant occupant tout l'espace de nos vies de grands enfants désenchantés, se dilatant vite avec les années. Capable de stériliser le sens de l'humour d'un stand-upper de mon espèce, de nous plonger dans l'effroi en songeant au futur que nous infligions à notre descendance. Il n'y avait pas grand-chose à faire dès lors qu'il nous avait ennuagés, en fait il n'existait que deux options, continuer à se laisser gagner par lui jusqu'à se dissoudre entièrement, ou alors transformer les molécules de gaz en une substance liquide, et c'est ce que je venais de faire, c'était de la bile à présent qui m'irriguait, un suc corrosif à projeter sur quelque chose, mais quoi ? L'époque elle-même était du gaz. L'époque n'avait pas de *projet de société*, pas d'ennemis contre qui nous coaliser tous. L'époque continuait d'altérer à grande vitesse la composition de l'atmosphère, cette espèce de coupole qui avait permis à la vie de se développer comme nulle part ailleurs dans la partie observable de l'Univers, et que seule la communauté scientifique scrutait avec un nœud au ventre, une peur acide et implosive, je veux dire une vraie peur qui vous ôte toute gaieté, sachant mieux que quiconque les phénomènes violents que cet alliage chimique serait désormais capable de concocter à la chaîne, et de plus en plus dévastateurs, une industrie de l'armement qu'il faudrait des décennies pour démanteler. L'époque parlait de sauver les moineaux et les ours polaires mais peu se souvenaient des bêtes et des plantes nées du fond des âges et déjà disparues, et disparues *à tout jamais*, après des millénaires à se reproduire dans la joie et la bonne humeur, elles s'étaient décomposées sans congénères à leur suite, et j'ignorais ce qu'elles étaient maintenant, peut-être des grammes d'âme en suspension dans le ciel. Éradiquées ou non ça n'y changerait rien de toute façon puisque l'époque se déroulait dans des open spaces ornementés de plantes en latex et des agglomérations urbaines en expansion continue, sur des parkings de supermarché ou le long de monocultures de céréales et de colza, loin des rivières qu'à la ville l'homme avait depuis longtemps recouvertes d'une épaisse couche de béton, loin des tapis de feuilles mortes que des agents municipaux s'empressaient de souffler au diesel tous les lundis d'automne, loin des grands arbres libres, à présent domestiqués dans un mètre cube de terre composée à l'usine — tout d'ailleurs était l'objet d'une domestication maintenant, les courses alimentaires comme les séances de sport s'offraient à domicile pour ne plus avoir à respirer l'air vicié du dehors et à se fondre dans la mélasse humaine —, loin de ça mais parfois proche l'été, en vacances, des massifs de fougères et d'orties qui piquaient nos chevilles de jeunes adultes lancés dans la construction d'une cabane pour la nuit, proche des buissons de mûres que nous dévalisions pour tromper une faim soudaine, proche d'un fleuve à moitié à sec dont nous remontions le cours en quête d'un poisson que nous braiserions au feu de bois sous la voûte étoilée, proche du vent dans les feuillages, des lézards sur la terre craquelée, des colonies de fourmis débitant un biscuit écrasé, proche de la sève qui colle à la peau, de l'odeur d'humus après l'averse, du mouvement des astres, proche du Soleil et de la Lune — éradiquées ou non ça n'y changerait rien puisque l'époque saturée de mochetés humaines rendait le reste du vivant (le vivant *survivant*) lui-même abstrait, à l'exception des chatons et des toutous sur lesquels nous avions fini par concentrer tout notre amour inter-espèces, et tout ce trop-plein d'amour que nous ne savions pas à qui d'autre adresser, à cause de la solitude, se trouvait étalé sur les réseaux sociaux. L'époque gouvernée par les grandes puissances de la tech continuait d'huiler sans retenue notre machine à désirs et de coûter cher au *vivant survivant*, l'époque irrésistiblement prenait entièrement corps à l'intérieur de petits rectangles lumineux où nous pouvions examiner notre image à l'envi et tisonner notre haine de l'autre (une haine sèche, volatile, soulevant rarement la révolte), et même ces écrans devenaient peu à peu insaisissables, l'intelligence artificielle se logeant à présent partout, véhiculant notre civilisation vers sa destination finale, vers ce qui était peut-être l'aboutissement de la biologie, vers le totalitarisme indolore et invisible que de grands écrivains un ou deux siècles plus tôt avaient pressenti : la fin des matières, la fin des matières et la dépossession de tout, des choses mais aussi des humains, car déjà les algorithmes se suffisaient à eux-mêmes pour produire et organiser ce qui nous avait emplis de fierté et nous avait distingués des bêtes : l'information, les arts. Dans ces conditions, comment réussir à aimer le genre humain ?

Le monde de la biologie et des matières s'effaçait donc sans bruit, et dans l'attente du terminus ou du crash qui nous en détournerait, nous demeurerions ballottés dans notre organisation sociale compétitive et lente, dénuée de but, *naturelle* mais sans nature, fascinée et terrorisée par l'éclosion du génie artificiel, plus ou moins en paix — une paix fallacieuse car l'homme n'a jamais laissé personne en paix, pas même sa race alors que dire des bestioles sous ses pieds ? Mais ne fallait-il pas, pour en finir avec le culte du productivisme, cesser de s'attacher aux matières, d'en vouloir toujours plus et de les jeter à la première usure ? Voilà qui nous déroutait, nous laissait sans passions ; du reste notre jeunesse avait été sans passions, à part l'amour et l'amitié et plus encore le narcissisme, nous avions refusé les religions, les idéologies et même les partis politiques, nous nous étions au mieux attachés à un petit groupe éphémère de branleurs rassemblés autour de mollasses convictions, gagnés par un sentiment d'appartenance folklorique. Là se déployait la matrice du chagrin, cette sensation d'être dépossédé de ses illusions avant même d'en avoir eu. Il ne nous restait plus qu'à nous payer un début de lignée pour nous donner une mission, pour camoufler notre inconsistance comme on couvre une charpente en toc, que l'époque nous laisse au moins ça, que le trop-plein d'amour soit évacué vers autre chose que sa propre personne, que les illusions se rallument à travers plus petit que soi, mais très vite nous réalisions la connerie commise, l'autonomie perdue, l'hypervigilance acquise, la possibilité évanouie de notre propre réalisation, et surtout au verso de tout cet amour donné scintillait notre égoïsme, à tout le moins notre inconséquence, par curiosité et par vanité nous venions d'envoyer des créatures humaines toutes mimis dans un futur indésirable, et chaque jour à compter d'un certain âge nous les verrions à leur tour déchanter, peut-être plus violemment encore.

Ce chagrin, cependant, n'empêchait pas la coexistence avec une espèce de *bonheur postindustriel*, nous avions un toit bien isolé, de la nourriture variée et abondante, des vaccins remboursés, un travail auquel nous trouvions parfois une utilité publique, des loisirs de toutes sortes, des parcs et des bois où se promener, des parterres de fleurs à contempler, une famille, des amis, des centres d'intérêt faciles à stimuler, des moyens de locomotion confortables et véloces, et quand tout ceci était contenté ce bonheur existait vraiment, simplement il se faisait capricieux, perméable aux premières contrariétés, et manquant d'espace mental pour le savourer, manquant de plénitude, comme contenu par quelque chose, comme impossible à rassasier, et en sourdine nous songions sans cesse à ce que coûtait ce bonheur — à plus haut que soi, à l'atmosphérique, et à plus bas, au géologique, deux strates qui le rendaient immoral et vétuste, comme si nous continuions à embrasser quelqu'un de mal vieilli que nous n'aimions plus.

À partir de maintenant je n'aurais de considération que pour l'atmosphérique et le géologique, Aura et Gaïa ; au milieu je ne pardonnerais plus rien aux humains. Je déchaînerais sur eux ma colère jusque-là larvée, muselée par le regard des autres, assoupie par le confort et les privilèges de mon rang social, une aigreur tapie en moi qui, une fois jetée au-dehors, me transformerait en un magnifique intégriste, et les plus fins observateurs y verraient une réplique dégénérée de l'humoriste que je fus, qui remplissait des salles en éclatant des verres de bière contre le mur et saluait son public la floche à l'air. Ma lente décrépitude à Mirebeau-sur-Bèze m'avait mené à ça, avait servi à ça : la naissance de l'insoumission. Elle m'avait peut-être aussi rendu mon don pour faire rire, je n'en savais encore rien, je le découvrirais plus tard lorsque j'aurais renoué avec une vie sociale active et que je tenterais un retour sur scène — au cas où un jour je retournerais sur scène. Ce qui comptait à présent, et je m'étonnai de me formuler à moi-même une idée aussi simplette, aussi candide, ce qui comptait à présent c'était de réussir à utiliser ma colère chèrement acquise pour *changer le monde*.

Nous levâmes notre verre de champagne ; j'avais oublié de mettre la bouteille au frais. Je songeai, sans rien en dire à Maurice, que j'avais de justesse quelque chose à fêter, inexprimable.

Sur la petite table de la cuisine, nous mangeâmes un vol-au-vent que mon hôte s'était procuré dans sa propre épicerie et qu'il avait réchauffé au micro-ondes. La radio était branchée sur France Bleu Bourgogne. Un animateur complètement débilos donnait la parole à ses auditeurs, leur demandant ce qu'ils faisaient de leur réveillon ; en général, après la dinde, ils s'installaient devant la télévision, ou alors ils résolvaient des sudokus. Entre deux appels l'animateur lançait un *son* destiné à nous *foutre la pêche*. Tandis que retentissait pour la quatrième fois de la soirée *All I Want for Christmas Is You* de Mariah Carey, Maurice voulut savoir quels étaient mes plans pour la nouvelle année. « Je m'en vais », dis-je. Les plissures de son front se murent légèrement, comme un phasme branchu. L'ambiance s'alourdit, on aurait dit que du plomb coulait dans la pièce. « Dans ce cas, tu peux dire adieu à ta garantie locative... » opposa le vieux maquisard sur un ton fielleux. Ce n'était pas la cupidité, pourtant son gène dominant, qui le mettait dans cet état ; c'était la tristesse de me voir partir.

Le lendemain, 25 décembre, je bouclai mes valises. Ce fut chose aisée : je n'avais qu'un jean, un pull, un T-shirt, quelques chaussettes et caleçons, ainsi qu'un nécessaire de toilette. J'empaquetai le tout dans le sac Intermarché dont j'avais hérité à mon arrivée. Je ne rapportai aucun souvenir de Mirebeau-sur-Bèze, sinon ma montre Flik Flak Dinosauritos.

Dans la rue, une lumière rasante faisait fondre la pellicule de gel sur les toitures et les pelouses. Je passai chez la boulangère qui me gratifia exceptionnellement d'un sourire ; la magie de Noël. Tout en grignotant une sorte de cougnou à la pâte d'amandes, je grimpai la départementale par où j'étais entré le premier soir avec David et par où je quittais le village pour toujours. Je songeai au ponton, ma petite chapelle, mon phare dans la nuit, et mon cœur se serra. J'hésitai un instant à aller m'y recueillir une dernière fois ; finalement, je poursuivis mon chemin. J'atteignis le car wash. La plateforme était déserte, le ballet commercial reprendrait dès le lendemain. Au rond-point, je levai le pouce. Quelques minutes s'écoulèrent. Le trafic était presque inexistant. Enfin, un homme vêtu d'un sweat à capuche, une boucle à l'oreille, me fit signe d'embarquer. Il roulait dans une camionnette qu'il avait louée pour son déménagement. Moi aussi, je déménageais. Aussi absurde que cela puisse paraître, il tint à ranger mon sac Intermarché dans son coffre vide de vingt mètres cubes ; je crois qu'il voulait se faire plaisir en actionnant le hayon électrique. Il alluma la radio, et le hasard voulut qu'on tombe sur *Dance Me to the End of Love.* J'aurais dû pleurer ou quelque chose comme ça, mais à mon propre étonnement je me sentais bien. Une ondée de soleil m'éclaboussa, puis les barres d'immeubles à la lisière de Dijon me renvoyèrent dans l'ombre. Ce n'était peut-être qu'un état passager, peut-être était-ce simplement l'effet de la soufflerie qui me réchauffait, mais voilà, j'avais bon. J'étais détaché des liens habituels qui tranquillisent l'humain ; quelque part j'éprouvais la liberté dans son expression la plus effrayante, la plus radicale. Il m'apparut brièvement que, même si je ne serais sans doute plus jamais amené à l'embrasser, ou à simplement la serrer dans mes bras, un nerf nouveau et intangible me rattachait maintenant à Clémence. Je me trompais peut-être mais j'avais besoin de m'imaginer qu'il y avait un point d'une autre nature que Marius qui nous relierait pour longtemps encore, et qui sait pour toujours, un point permanent dans une société dépourvue de permanence, une mince continuité à notre histoire d'amour.

Le déménageur se mit à chantonner sur Leonard Cohen ; je l'accompagnai en susurrant le peu de paroles que je connaissais. *Panic… Children… Beauty… Dance me to the end of love / Dance me to the end of love.*

Au loin, nous discernâmes des champs de vignes nues ; mon aimable chauffeur me déposa sur un nœud de routes, et je longeai à reculons, le pouce dressé, la nationale qui fuyait vers le nord.

Imprimé en France par CPI
en mai 2024

Cet ouvrage a été mis en pages par

<pixellence>

Dépôt légal : août 2024
N° d'édition : 630908-0
N° d'impression : 179671